contemporanea

Di Ugo Riccarelli

nella collezione Oscar

L'angelo di Coppi
Comallamore
Il dolore perfetto
Un mare di nulla
Le scarpe appese al cuore

UGO RICCARELLI

COMALLAMORE

OSCAR MONDADORI

I edizione Scrittori italiani e stranieri marzo 2009
I edizione Oscar contemporanea giugno 2010

ISBN 978-88-04-59937-1

Questo volume è stato stampato
presso Mondadori Printing S.p.A.
Stabilimento NSM - Cles (TN)
Stampato in Italia. Printed in Italy

COMALLAMORE

A Roberta,
comallamore

Viviamo in un'epoca di imitazioni e di artifizi, in cui ogni spiritualità si converte in affarismo e ufficialità, in cui tutto viene fatto in vista di un rendimento, in cui la vita è una mascherata, un tempo in cui l'uomo non perde mai di vista ciò che è, in cui la semplicità stessa è voluta e l'ebbrezza dionisiaca fittizia come l'arte che la esprime, arte di cui l'artista è troppo consapevole, e compiaciuto d'esserlo. In una simile epoca è forse la follia la condizione di ogni autenticità...?

KARL JASPERS

«Lei, adesso, mi chiede di raccontare.»

Per un lungo istante il vecchio guardò la donna seduta di fronte a lui. Tra i loro volti ci saranno stati non più di due metri, un piccolo spazio di aria libera e apparentemente vuota. Chi avesse sbirciato dall'esterno in quella stanza avrebbe infatti visto nient'altro che una donna e un vecchio seduti uno di fronte all'altra, su due comode poltrone.

La donna sorrideva per rompere il silenzio che si stava facendo imbarazzante.

Il vecchio aveva lo sguardo fisso su un punto della parete. Le braccia appoggiate sui braccioli della poltrona si muovevano con un leggero tremito.

Il tempo, tra loro, sembrava sospeso al suono delle ultime parole che avevano appena girato per la stanza. Le uniche che erano state pronunciate dopo le presentazioni. Sull'eco di quel silenzio il vecchio si alzò, zoppicando trascinò lentamente le sue gambe e i suoi anni verso la finestra e si appoggiò al davanzale. Davanti alla casa un mercato di paese animava la piazza. Come sulla scena di un teatro, la gente pareva muoversi secondo percorsi già prestabiliti. Si incontrava, si fermava, scambiava qualche parola o toccava la merce, producendo un brusio da insetti.

Dagli alberi che circondavano quello spazio antico aperto tra le case, all'improvviso, quasi rispondendo a un ordine, un gruppo di storni si alzò all'unisono muovendosi velocissimo e cambiando repentinamente direzione, come fosse uno stesso corpo.

Gli occhi del vecchio seguirono quelle evoluzioni acrobatiche, le seguirono allo stesso modo in cui si segue il filo delle parole su una pagina. Quel grumo di punti scuri in movimento apriva per lui un libro su cui aveva scritto, molti anni prima, qualcosa che non poteva dimenticare e che ora una sconosciuta giornalista gli chiedeva di raccontare.

Nella mente del vecchio la nuvola nera degli storni attraversò il tempo, superò quella piazza e continuò a compiere le sue volute sul cortile del manicomio, sopra e dentro la testa di Fosco. Ogni volta che quel corpo nero e frenetico era apparso nel cielo dei matti, Fosco era stato preso dalla stessa frenesia di quegli uccelli, quasi appartenesse anche lui allo stormo scuro. Come gli uccelli, allora, scattava in una corsa rapida attraversando il cortile, le braccia aperte le sue ali, le braccia aperte a battere l'aria, un volare stravolto e felice. Beniamino lo stava a guardare, seguiva quelle evoluzioni come un bimbo che assista a bocca aperta all'esercizio di un acrobata in un circo, ammirato per la rapidità con cui Fosco cambiava direzione, la forza che sprigionava, davvero un uccello libero nella prigione della casa dei matti.

Spettatore di quel volo, Beniamino dimenticava

per un po' di tempo il suo lavoro e si lasciava rapire dall'energia che quel movimento frenetico sprigionava nel mare di disperazione del cortile, stupito di come quel ragazzo attraversato dalla follia potesse annegare per qualche minuto nella felicità più assoluta, trasportato dal volo di uno stormo di uccelli. Poi la macchia nera compiva l'ultima voluta, mutava direzione e spariva come la pioggia di un temporale estivo, lasciando dietro di sé il silenzio e il respiro affannato di Fosco, orfano del suo volo.

Per tutto il tempo che era stato con lui, quel rito si era ripetuto, identico e perfetto, una danza frenetica che si interrompeva bruscamente, lo sguardo del giovane fisso nel cielo a cercare ancora l'aggancio con la felicità che scompariva, immobile nel mezzo della sua prigione.

Solo una volta, l'ultima in cui si erano visti, Fosco non era rimasto bloccato a inseguire nel cielo una traccia del volo, ma si era voltato verso Beniamino e lo aveva guardato, aveva sorriso, prima di andarsene per sempre in direzione del bosco, gridando verso di lui, come in una litania ossessiva, un'unica parola ripetuta all'infinito.

La casa dei matti aveva finestre alte e chiuse da grate. Era una costruzione di mattoni scuri dalla quale la città si difendeva con un muro che celava alla vista dei buoni cittadini lo sconcio di fantasmi in carne e ossa, di camicioni e facce stravolte da pensieri storti.

Solo sul lato di un cortile interno, al confine con una casetta di due piani, il muro si interrompeva come per una dimenticanza, per una svogliatezza dei costruttori, che al posto dei mattoni avevano lasciato, per un breve spazio, la più lieve barriera di una rete metallica.

Da quell'apertura Beniamino guardava i matti sfidando le proibizioni di sua madre e le urla di rimprovero di sua nonna. Si aggrappava alle maglie di ferro a osservare il muoversi in tondo dei malati, a origliare discorsi borbottati, a sussultare per improvvise grida o movimenti inaspettati.

Restava ammirato a guardarli quando, come se fosse chiamato da una voce impercettibile, qualcuno di loro si scuoteva dal torpore, interrompendo un girare continuo o un sonno apparente consumato sopra una panchina e si avvicinava al roseto che copriva un pezzo di quel confine di metallo.

Uno alla volta, come un gregge strampalato, i matti cominciavano a staccare i petali da quella cascata colorata e li mangiavano con delicatezza e piacere, con la stessa sacralità con la quale un credente avrebbe accolto l'ostia benedetta all'altare. Sorridevano, i matti, presi da una serenità incomprensibile masticavano quei fiori colorati e, per un attimo, parevano ombre felici.

Beniamino li fissava rapito. Resistendo alle urla di sua nonna rimaneva immobile a guardare quei fantasmi mangiare le rose.

Avrebbe voluto scavalcare la rete e provare anche lui quella strana condizione che li invadeva.

Avrebbe voluto imitarli.

L'idea del manicomio era stata di sua nonna Aida. Il padre di Beniamino era morto da pochi giorni, portato via in un attimo dal cuore che gli aveva dato uno strattone forte in mezzo al petto, lasciandogli soltanto il tempo di risedersi sulla sedia dalla quale si era appena alzato, dopo pranzo.

«Ricordati di dar da mangiare ai conigli» aveva detto alla moglie, come faceva quando se ne partiva per i mercati dove, seguendo il mestiere che aveva imparato da suo nonno, si ingegnava a vendere lane e tessuti.

Aveva pronunciato quella raccomandazione e poi stretto la bocca come se avesse trangugiato un bicchiere di vino troppo aspro. Quindi l'aveva stirata in un ghigno che all'Elemira, sua moglie, era parso un sorriso incerto e infine aveva lasciato andare il mento sul torace, neanche stesse per scivolare in un sonnellino buono per la digestione.

L'Elemira, infatti, intenta com'era a sparecchiare il tavolo dalle stoviglie, era rimasta in dubbio tra la leggerezza di un riposo domestico, che faceva sembrare un bimbo quell'omone appisolato, e il calare troppo repentino nel silenzio e nell'immobilità. Cosicché, anche se l'agitazione non era ancora montata, aveva ricordato al marito che lei aveva già quelle bestie dei loro figli a cui badare, e sua madre sempre più vecchia, e una casa da mandare avanti, senza che lui le mettesse l'urgenza del lavoro attorno alle gabbie strette strette sotto la tettoia. C'era l'erba da fare e il fondo delle conigliere da pulire dalla schifezza, ché altrimenti il puzzo sarebbe salito fino in camera da letto ben più forte di quello dei matti che ciondolavano oltre il muro del giardino.

E mentre ripeteva le incombenze quasi come una litania stizzita, l'Elemira, i piatti sporchi in mano, andando avanti e indietro verso l'acquaio, aveva continuato a tenere gli occhi sul capo reclinato del marito. L'assenza almeno di un flebile russare che, per l'Ignazio, era il sigillo di garanzia del sonno arrivato, le aveva fatto montare il sospetto, che poi s'era fatto così pressante da costringerla a lasciar perdere il rigovernare. Si era precipitata verso di lui chiamando il suo nome con lo stesso acuto implorare che le era uscito dalla gola la prima volta in cui con lui aveva conosciuto l'amore.

L'Ignazio aveva finito la propria vita così, stecchito sulla sedia della tavola alla quale aveva consumato il suo ultimo pranzo, di poche parole e allo stesso tempo allegro com'era sempre stato negli anni in cui aveva diviso la casa con la moglie, con Beniamino, con la Mara e con quell'impiastro dell'Aida, sua suocera, una volta che era rimasta vedova.

Richiamati dalle grida dell'Elemira, i familiari non poterono far altro che constatare che lui se n'era andato senza neanche un saluto, un biglietto di suggerimenti, un ultimo consiglio su come mandare avanti gli affari o qualsiasi altra raccomandazione che non fosse quella breve e inutile frase sul mangiare dei conigli.

Questa mancanza di premura fu intesa da tutti come una sorta di scortese tradimento, involontario, certamente, ma non di meno fastidioso. Soprattutto Beniamino si sentì defraudato, abbandonato con i suoi giovani anni a reggere il peso di quanto era pronto ad affrontare nella vita, ma non così all'improvviso e senza aiuto, visto che l'Elemira s'era rinchiusa in una disperazione solitaria, squassata dai singhiozzi. Del resto, la Mara era femmina, poco più che ragazzina e piena di fanfole per la testa, tante nuvole e niente praticità, mentre la vecchia Aida, più che prestare aiuto, aveva bisogno lei di sostegno, visto che smarriva i nomi e le cose, persa com'era nella nebbia degli anni.

Così, calato l'Ignazio nella fossa del cimitero, una volta che i parenti, gli amici, i conoscenti ebbero espresso il loro rincrescimento, parole e abbracci e sorrisi e promesse, Beniamino s'era ritirato a pensare tra sé cosa avrebbe potuto fare per mandare avanti la sua vita e una famiglia che gli parevano barchette senza remi, in un mare in bonaccia.

Per almeno un paio di giorni aveva tentato di capire qualcosa dei commerci di suo padre, rimanendo ore a leggere gli appunti e i conti che l'Ignazio teneva in certi quadernetti con la copertina nera, fitti di una scrittura minuta e comprensibile tanto quanto un geroglifico. Se n'era andato nel piccolo magazzino accanto alle conigliere, là dove suo padre teneva il carro, il banco e la merce dei mercati, cercando di ricordare qualcosa di utile in quello che aveva visto le poche volte in cui, durante le vacanze estive, gli era capitato di accompagnarlo nei suoi commerci. Ma più che mai, in quel momento, gli anni di studio, il ginnasio, il liceo e poi l'università che proprio l'Ignazio aveva voluto a tutti i costi fargli frequentare, gli sembrarono una paccottiglia inutilizzabile, come certe passamanerie che suo padre aveva voluto provare a trattare e che da anni rimanevano invendute, in fondo agli scatoloni, in un angolo del magazzino.

Oltretutto, proprio nel momento in cui avrebbe dovuto tirare le somme degli studi, terminare gli ultimi esami per avviarsi a diventare medico secondo i piani familiari, uno stupido incidente aveva interrotto il suo cammino e l'aveva lasciato con il segno indelebile di una zoppia pronunciata.

Il castello di progetti si era infranto in un attimo sopra un campo di calcio, assieme alla tibia e al perone che il Castellucci, entrando come un disperato per togliergli la palla, gli aveva fracassato di netto, come due grissini. Quel giorno Beniamino se ne stava andando verso la porta dopo aver saltato in dribbling un avversario, e già puntava il Meloni mezzo accucciato tra i pali, quando con la coda dell'occhio aveva appena avuto il tempo di vedere un'ombra con le fattezze del Castellucci. Forse persino gli sembrò di immaginarselo, tanto fu veloce e improvviso l'impatto. Aveva sentito uno strisciare di terriccio smosso e poi uno schiocco secco, come di legna che si spezzi, mentre qualcosa lo rigirava e lo tirava per terra con la forza di un bisonte. Un bruciore fortissimo lo aveva preso sotto il ginocchio, cosicché quando si era alzato portando le mani là, verso il punto in cui le fiamme lo stavano scottando, era rimasto sorpreso nel non vedere fuoco, ma la sua gamba girata come forse aveva visto soltanto nei bambolotti della Mara, quand'era piccina. Preso da quello stupore, prima di svenire per il dolore che dall'arto già gli andava montando veloce come un treno fin in mezzo al cuore, Beniamino aveva fatto in tempo a sentire il Castellucci bestemmiare qualche madonna, mentre altre voci gli raccomandavano di stare fermo e non guardare.

Quando si era svegliato all'ospedale la frittata era già fatta, come da allora ebbe a ripetere l'Ignazio finché la morte non se lo prese. Lo ripeteva battendo la sua grande mano sulla coscia, a sottolineare la rabbia che lo assaliva nel vedere il suo ragazzo così rovinato. Perché immediatamente, senza neppure che il professor Luciani gli avesse spiegato per filo e per segno la situazione, l'Ignazio aveva capito che Beniamino, da sempre dritto e veloce come un fulmine, non sarebbe più stato lo stesso. Ritorto come un tralcio di vite, infatti, quel pezzo di gamba era stato stirato, trapassato da ferri e ferretti, riattaccato, ma alla fine dell'acconciatura era rimasto comunque un poco più corto dell'altro, costringendo il ragazzo a un passo claudicante e un po' storto.

Oltretutto, a completare la beffa, le settimane di degenza e di malattia erano capitate proprio a ridosso dell'estate. Gli avevano impedito così di sostenere gli ultimi esami e lo avevano costretto a riprogrammare la laurea per un prossimo futuro. E ora che era arrivato, quel futuro era un presente pieno soltanto di preoccupazioni assillanti, di conti da pagare, di incombenze da affrontare.

Così, seduto tra le pile di stoffe che lo attorniavano, i quaderni indecifrabili aperti di fronte a lui, Beniamino si sentiva affogare in un oceano di nullità. Girava e rigirava tra le mani gli appunti di suo padre senza trovare un ordine, un'idea. Si alzava e andava agli scaffali degli scampoli, passando e ripassando i tessuti tra pollice e indice come aveva sempre visto fare all'Ignazio, forse sperando che in quel gesto fosse nascosta la chiave per aprire la porta di una verità a lui ancora chiusa e misteriosa.

Perso in quel girare a vuoto, Beniamino ogni tanto usciva e andava ad appoggiarsi alla rete che separava il giardino dal manicomio e, come faceva fin da quando era bambino, se ne stava a guardare i matti, a seguire il ciondolare ossessivo delle loro camminate, a contemplare quelle vite abbandonate in un cortile e che, ora più che mai, gli parevano alla deriva. Come la sua.

Inaspettatamente, fu la vecchia Aida ad aiutarlo. Proprio mentre era accostato alla rete di metallo, immerso nei percorsi dei matti nel cortile, sentì vicino a sé il corpo minuto della nonna.

Se ne stava, come lui, appoggiata, e rimaneva in silenzio a guardare verso la casa dei matti. Per la prima volta non lo rimproverava, non gli urlava l'ordine di smettere di scrutare quelle anime perse, ché non era buona cosa curiosare il male. Per la prima volta se ne stava in silenzio accanto a lui, quasi a dividere qualcosa.

Fu in quel momento che Beniamino sentì la pena che aveva preso anche lei, l'ansia per un futuro di cui non vedeva l'orizzonte e per il garbuglio dei giorni che le restavano, intrappolati tra quella casetta di due piani e il manicomio, una figlia persa nelle lacrime e un nipote azzoppato e vago come l'aria. Piuttosto di quel silenzio, allora, Beniamino pensò che avrebbe preferito risentire le urla di rimprovero, le sue sgridate, qualcosa insomma che riportasse presente e viva la normalità che pareva essersene andata assieme alla vita dell'Ignazio.

L'Aida, invece, continuò a stare in silenzio, le mani aggrappate alle maglie della rete a far girare nella sua testa i pensieri così come vedeva girare i matti nel cortile. Cercava qualcosa, l'Aida, qualcosa che le desse un'idea per aiutare quel nipote che sentiva indifeso e perso. Beniamino avrebbe dovuto essere la sua luce, la soddisfazione della sua vita spesa per tirare avanti una casa e una figlia, e migliorare quella esistenza grama che lei, nata da contadini, si era dovuta mangiare giorno dopo giorno, a pezzi duri e ingollati molte volte a forza.

La memoria ora le si sfilacciava nella nebbia e spesso lampi improvvisi le mettevano di fronte nomi e persone ai quali faceva fatica a dare un volto o un posto. Però, maledetto il mondo, ricordava perfettamente le cataste di panni che aveva dovuto lavare per tirare su quattro soldi da mettere in tavola, per dare una mano all'Antonio suo marito, povero di uno, prima che le febbri se lo portassero via. Glielo ricordavano bene le dita ritorte dall'umidità del fosso, crepate dalla lisciva e dal sapone, e i dolori alla schiena, ché star piegata ore e ore a sbattere tovaglie e lenzuola non è cosa da raccomandare per la salute.

Ma ogni botta nell'acqua, ogni strizzata ai panni erano state una piccola spinta all'Antonio e alla loro figlia. E dopo che l'Elemira s'era maritata con quel brav'uomo dell'Ignazio, erano stati una carezza per i nipoti. Ogni federa sciacquata un bacio. Ogni maglia stesa un abbraccio.

Forte delle cataste di lenzuola e di baci che aveva ammassato nella sua vita, l'Aida diventata vecchia si era goduta la luce dei nipoti, specialmente di quel Beniamino che andava studiando per diventare dottore: ogni suo buon voto era parte di lei, ogni sua promozione uno scalino di più che le liberava il respiro dallo stare chinata a rigirare i panni nell'acqua gelata del fosso. Dalla riva dove finalmente si era potuta sedere, l'Aida aveva guardato i progressi del nipote con apprensione e orgoglio, l'aveva seguito come un giardiniere guarda germogliare una piantina pregiata, ne aveva protetto la crescita, l'aveva difeso dai venti e dalle distrazioni. E quando l'aveva visto appoggiato alla rete del giardino, immobile a osservare i matti, lo aveva scosso coi suoi rimproveri, l'aveva richiamato verso la strada sua, ch'era da questa parte, lui che avrebbe dovuto essere medico, capace di dare cura e salute, mica altro.

Così, quando quella bestia del Castellucci gli aveva fracassato la gamba e lui aveva dovuto rimandare gli esami, l'Aida s'era sentita addosso la responsabilità di quell'infortunio, neanche fosse stata lei a fare una scivolata assassina sul futuro del nipote. Aveva visto la rabbia dell'Ignazio, visto i suoi pugni stringersi e picchiare l'aria, la sua mano battuta a forza sulla coscia a ripetere che ormai la frittata era fatta e alla fine s'era sentita disperata, s'era ritrovato addosso tutto il peso delle montagne di biancheria lavata, e l'umidità, e la schiena piegata, e le mani crepate.

Aveva pregato, l'Aida. Aveva pianto e pregato che qualcuno, lassù, proteggesse quel ragazzo che doveva esser medico e piuttosto mandasse a lei, inutile lavandaia, la disgrazia d'essere sciancata. Se proprio il male doveva esserci, che prendesse lei, che tanto era abituata al peso del fosso, non quella bellezza di Beniamino.

Aveva pregato e pianto, e non appena le era parso che le cose potessero rimettersi piano piano in sesto, ché Dio manda le disgrazie ma anche il modo per ripararle, e dunque si sarebbe trattato soltanto di rimandare di qualche tempo la laurea, ecco che l'Ignazio aveva tolto il disturbo, senza neppure salutare o lasciar detto qualcosa che non fosse quella stupidaggine sui conigli.

E adesso, ancora, si era abbattuto su di lei il peso degli anni e del lavoro, una montagna fatta di fatiche e di sacrifici che parevano di nuovo inutili. Così, il giorno in cui l'Ignazio si era fermato per sempre sulla sedia, davanti al tavolo della cucina, l'Aida aveva smesso di pregare. S'era abbracciata l'Elemira singhiozzante tentando di tenere stretti i suoi pianti e la sua pena, aveva cercato di dare una mano con le cose pratiche, mettendo in ordine in casa per quello che si ricordava si dovesse fare e alla fine aveva desiderato di sprofondare del tutto nella nebbia che ogni tanto l'avvolgeva, là dove il tempo e lo spazio erano d'elastico e di gomma, dove l'urgenza delle incombenze si stemperava e i passi delle cose avevano il ritmo calmo di una passeggiata.

Questo aveva desiderato l'Aida, ma dal suo desiderio riemergeva puntualmente il volto di Beniamino fisso oltre la rete del giardino. Allora prese la stanchezza dei suoi anni e la portò con sé ad appoggiarsi alla griglia di ferro, rimanendo a dividere con il nipote quel silenzio pesante, a seguire l'andare in tondo dei matti nel cortile, così come da anni vedeva fare a lui.

Fu allora che le venne l'idea del manicomio. La nebbia dei suoi pensieri s'aprì un istante, e le parve chiaro che la soluzione immediata ai loro problemi avrebbe potuto essere nei matti che Beniamino restava così spesso a guardare.

Il giorno in cui si presentò al manicomio, Beniamino s'alzò di buonora, dopo aver occupato la notte con sogni complicati. Ritornando più di una volta, l'ombra del Castellucci gli era arrivata addosso nel sonno assieme al sinistro rumore di legna spezzata. Ancora e ancora quel bisonte in corsa l'aveva colpito con furia, lui che nel mezzo del campo da gioco se ne stava tranquillo, i libri in mano e un bel vestito nero, cravatta e scarpe lucide come quelle dei dottori. E mentre rotolava nella polvere del campo spelacchiato, intravedeva, oltre la rete della recinzione, l'Elemira, la Mara e l'Aida ferme a osservare quel che accadeva dentro il rettangolo di gioco, così come lui era solito fare con il cortile dei matti.

Quella mattina, dunque, si svegliò di malumore, con una preoccupazione pesante in mezzo al petto e le ossa indolenzite neanche il Castellucci l'avesse davvero massacrato di botte. E anche quando si presentò al cospetto del professor Tiziani, accompagnato dall'Elemira, quel senso di oppressione non lo aveva abbandonato.

Del resto, verso quel posto aveva sempre provato un sentimento ambivalente, diviso tra la curiosità e il disagio. Quella casa di mattoni scuri, protetta dal muro e dalle alte grate, era pur sempre l'antro da cui uscivano i fantasmi che lui osservava dall'apertura del suo giardino, un posto misterioso popolato da urla strazianti, versi acuti o gutturali come di bestie spaventate, qualcosa di preoccupante e ancestrale che nessuna barriera riusciva completamente a contenere.

Anche nella piccola città, nel mezzo della quale se ne stava, la presenza della casa dei matti era accettata come si accetta uno scomodo parente nella propria famiglia, qualcosa che, si sa, c'è, ma con cui è consigliabile non avere troppi commerci, o che, se è possibile, è addirittura meglio dimenticare. Se c'era da parlarne, se ne parlava con allusioni e prudenza, oppure in modo veemente per la rabbia di una maledizione o di una minaccia, come in un temporale violento, in sfoghi che non lasciavano traccia se non quella consapevolezza di un pericolo latente. Perché era certo vero che il cervello a volte nasceva marcio, come quello di Gusto, il figlio del postino, che da quando era uscito dalla pancia di sua madre non aveva spiccicato altro che grugniti e a guardarlo camminare faceva pena vera, povero di uno, preso da un tremito continuo che neanche le febbri.

Ma se dunque il cervello a volte già nasceva zoppo, o nel tempo piano piano s'inceppava come certi vecchi che non ricordavano neppure il loro nome, c'era anche chi perdeva la ragione all'improvviso, prendeva una roncola e faceva a pezzi moglie, figli e suocera e pure gli animali, oppure c'era il Cavani, professore di Lettere e grande amante di Omero, perso da un giorno all'altro dentro i versi recitati all'infinito, gesticolando e muovendosi in un modo che dava a tutti tristezza e apprensione nel vedere un uomo apprezzato e distinto ridotto in quello stato.

Come si rompeva una gamba, allora, dentro la testa poteva frantumarsi qualcosa, poteva andare a male e marcire forse come marcisce la verdura lasciata troppo tempo al sole, e così diventava difficile riuscire a porre rimedio, ché non tutti sono in grado di sopportare le mattane dei figli, degli amici o dei parenti, di star dietro a ragionamenti che ti tolgono il sonno e il respiro, di pulire e dar da mangiare a persone che ormai hanno il senno in tasca, e non ricordano di lavarsi o mangiano le loro schifezze o al contrario sono rapite dall'ossessione di doversi lavare ogni momento, di non toccare certi colori, di non parlare con una persona o di evitare tutti gli specchi.

Gente da manicomio. Gente da far venire a prendere dai carabinieri, com'era capitato giù alla casa cantoniera con Lorenzo, il figlio del Marini, che aveva fracassato tutti i mobili e poi voleva dar fuoco alla casa; o da accompagnare con cautela e dolcezza, come era successo per la Maddalena, quando le figlie s'erano accorte che non parlava più e se ne stava immobile, a fissare con uno sguardo beato un punto della parete di fronte a lei.

Gente da manicomio, chiusa dentro la casa di mattoni scuri, con pena o con sollievo per quelli che continuavano a rimanere al di fuori del muro di cinta e che di quanto succedeva là dentro non volevano saper troppo, ché lo sconcio di una persona senza mente era già abbastanza preoccupante e triste per dover pensare anche di capirci qualcosa, o seguirne i pensieri in maniera seria. C'erano i dottori per quello, gente che ha studiato e si intende di dove mettere le mani e la testa, a cercare di capire i salti strani di chi il cervello ce l'ha bacato.

E c'erano le sorelle, le Figlie Misericordiose del Cristo che stavano chiuse là dentro proprio come i pazzi ai quali avevano dedicato il loro giuramento di fede. Donne dure e caritatevoli allo stesso tempo, in grado di tener testa a sfoghi fatti di urla e di strepiti, di balli di San Vito così sfrenati da metter paura anche a un soldato, e capaci di rimanere ad ascoltare le nenie e gli sproloqui di certe bocche storte, neanche all'altezza di mettere una parola assieme al senso di un'altra.

E poi c'erano custodi e inservienti, gente di roccia, mani e braccia che spesso venivano dai campi, roba buona per far quel lavoro sporco e pesante da bestie. Perché, si sapeva, i muri di mattoni rinchiudevano come le stalle persone che di umano, spesso, parevano non aver altro che due gambe, testa e braccia. Ma per il resto, i pensieri, i movimenti, il discorrere, persino il puzzo, erano più simili alle bestie che non agli uomini.

Beniamino, dunque, si avviò verso il manicomio con l'animo oppresso dai sogni e da un peso che comunque la familiarità di quell'edificio così vicino alla sua casa non era mai riuscita a sciogliere.

Appena oltrepassato il portone, un odore acre lo prese alla gola, cosicché strinse ancora più forte il braccio che gli aveva teso sua madre. L'Elemira, infatti, aveva insistito per accompagnarlo al colloquio, perché le era parso brutto mandare il suo ragazzo da solo in quel posto tenebroso, a chiedere lavoro a causa di una disgrazia che, in fondo, riguardava tutta la famiglia. E poi aveva avuto occasione di conoscere il professor Tiziani per tramite di sua moglie, un giorno in cui lei era venuta a casa a cercar dell'Ignazio, per cambiare certe stoffe che aveva comprato e delle quali, aveva deciso poi, non le garbava il colore. Tiziani era un uomo imponente, con una barba folta e un'aria distinta, sempre in tiro con giacca, cravatta, panciotto e, tra le corsie, con un camice inamidato e sfolgorante di bianco.

Quando Beniamino era venuto a dirle dell'idea dell'Aida, l'Elemira aveva ristretto ancora più dentro le paure che in quei giorni si erano completamente impadronite di lei. La morte orribile e improvvisa del marito le aveva lasciato un senso di assoluta fragilità, come se la sua energia, la tranquillità, i progetti, tutto insomma discendesse dall'energia che sentiva entrare in casa ogni volta che l'Ignazio ne oltrepassava la porta.

Ogni cosa, adesso, le sembrava amorfa, vaga, persa in una nebbia come i ricordi dell'Aida. Le stoffe si confondevano con gli studi di Beniamino e i conigli con i balocchi della Mara. C'erano molte cose da fare, rigovernare e pensare ai vestiti, ricordarsi di imbottigliare la conserva prima che inacidisse e recuperare certe vecchie federe giù in magazzino. Ma forse non erano federe. Erano lenzuola, e la conserva non era conserva ma marmellata, o addirittura qualcos'altro che adesso non aveva testa o voglia di decidere cosa fosse, perché era troppo, e girava attorno a lei che si sentiva solo di starsene seduta, a piangere, finché l'Ignazio non sarebbe di nuovo sbucato dalla porta della cucina per la cena.

Ma poi, dalla porta, era entrato Beniamino. L'Elemira aveva visto il suo passo sciancato, aveva risentito, forte come se fosse lì, le urla e le bestemmie dell'Ignazio che malediva il mondo e batteva la mano sulla coscia; e ancora aveva visto suo marito accasciarsi sulla stessa sedia sulla quale sarebbe morto, e lasciarsi andare per qualche minuto a un pianto da bambino per poi tirarsi dritto e abbracciarla all'improvviso, come scosso da un fulmine, e di nuovo a voce alta bestemmiare e intimarle di smettere ogni piagnisteo, ché «l'unico scopo di un padre e una madre è aiutare i figli, non affogarli dentro un lago di lacrime» le aveva detto dandole uno schiaffo che le aveva strozzato il pianto.

Così, quando Beniamino era venuto a dirle dell'idea dell'Aida, s'era seduto vicino a lei e l'aveva abbracciata, all'Elemira si era stretto il cuore, e quella stretta era stata talmente forte da ricordarle lo schiaffo con cui l'Ignazio le aveva spezzato il piangere e, insieme, da rinnovarle il fardello della maledizione che lui le aveva lasciato di essere allo stesso tempo madre e padre. E così aveva compreso che era giunto il momento di mettere da parte le lacrime, di piantarla di rimanere in cucina ad aspettare che dalla porta prima o poi entrasse il marito, neanche se ne fosse andato per qualche giorno in giro per mercati e non se ne stesse fermo sotto due metri di terra com'era.

Già l'andare zoppicante di Beniamino era un'immagine dura da affrontare, ché senz'altro era stata quella disgrazia a spezzare il cuore di suo marito, dato che anche il suo, quando vedeva quel figlio dal passo ciondolante, si stringeva come per il morso di una tenaglia. E allora, se l'allegria dell'Ignazio, il suo buonumore e i suoi progetti, e l'amore sincero che lei aveva provato per quell'uomo erano stati veri, era arrivato il momento di essere madre del loro figlio anche per lui che se n'era andato, e ancora rimettersi in ginocchio come aveva visto fare mille volte all'Aida giù al fosso l'indomani del giorno in cui la febbre s'era presa suo padre.

Dunque s'era alzata dalla sedia, l'Elemira, aveva dato un ultimo sguardo verso la porta della cucina, quasi a rassicurare se stessa che l'Ignazio, comunque, non sarebbe più arrivato, e poi era salita in camera a scegliere un vestito per accompagnare l'indomani il figlio dal Tiziani.

Sottobraccio a Beniamino, la mattina seguente passò il portone del manicomio con un peso in mezzo al cuore, ché quel posto non le era mai garbato, regalandole brividi e altri sgomenti, come se non ne avesse abbastanza dei propri. L'odore acre dell'aria, allora, la prese alla gola proprio come una mano che stringesse e così si aggrappò ancora più forte al braccio di quel figlio che avrebbe dovuto sostenere e aiutare, e che invece, in quel momento, stava aiutando e sostenendo lei.

Attraversarono l'androne fin davanti alla grande porta a vetri che immetteva nel reparto, dalla quale, oltre il corridoio, si intravedeva il cortile, con il muro interrotto dalla rete quasi del tutto coperta dal roseto. Dietro la rete spuntava la loro casa, e l'Elemira si riebbe un po' alla vista di quel luogo familiare, neanche l'avesse ritrovato dopo un viaggio di ore.

Così, quando la suora li fermò sull'uscio, indicando loro la scala che saliva verso gli uffici del piano superiore, l'Elemira aveva riacquistato il coraggio che l'aveva convinta ad accompagnare Beniamino dal Tiziani.

Questi li ricevette con cortesia, li fece accomodare e subito rinnovò loro le condoglianze. Aveva saputo dalla moglie, cliente dell'Ignazio, e si diceva davvero dispiaciuto della scomparsa di una persona che, per quanto si raccontava, era galantuomo, onesto e lavoratore, padre e marito esemplare.

L'Elemira allora prese quelle parole come un invito e a quelle si appoggiò per spiegare la loro visita. Ché se l'Ignazio era stato davvero un gran lavoratore, galantuomo, onesto e via discorrendo, proprio perché con la sua forza portava sulle spalle tutta la famiglia, ecco che crollando quella colonna lei s'era ritrovata a fare i conti con mille problemi, con gli imprevisti di un commercio a cui era estranea, e poi con una vecchia madre e una figlia ragazzina da mantenere, e un ragazzo d'oro, studioso, che s'era visto, per la sfortuna d'un incidente maledetto, spezzata una gamba e l'aspettativa ormai prossima di una carriera di dottore.

L'Elemira buttò fuori tutto questo senza quasi tirare respiro, aiutata dall'impegno che aveva preso con se stessa, aggrappandosi ai cenni della testa con cui il Tiziani annuiva, facendo segno di capire, di comprendere tutto quanto, certamente.

Beniamino se ne stette in silenzio ad ascoltare la madre rovesciare al cospetto del professore le preoccupazioni e le angosce che l'avevano costretta per troppi giorni alle lacrime, sollevato nel risentire finalmente in quel parlare lo stesso piglio che aveva conosciuto nel padre, capace di illustrare con poche frasi un tessuto e convincere a un acquisto. Ma poi, quando quel profluvio di parole si fermò e il Tiziani smise di annuire verso la madre e voltò lo sguardo verso di lui, capì che era giunto il momento di prendere il via e camminare da solo, anche se le sue idee erano incerte e zoppe, proprio come il suo passo.

Si vide in quella stanza nella quale erano appesi quadri e cartelli sull'anatomia umana, un paio di foto di eminenti professori e in un angolo, presenza inquietante, il trionfo d'ossa d'uno scheletro d'uomo intero, bene eretto. L'ambiente gli ricordò certe aule universitarie e così prese coraggio pensando di trovarsi di fronte la commissione di un esame, dove era bene essere precisi e secchi nel parlare, ché tanto sarebbe stato inutile girare attorno ai problemi con troppe frasi se il succo della materia non si possedeva. Così abbassò lo sguardo sulla scrivania del Tiziani, come a cercarvi un punto su cui far leva, e cominciò a parlare:

«Gentile professore» disse, «sono qui a chiedervi un lavoro, perché adesso spetta a me il compito di aiutare in casa, mia madre, mia sorella e la vecchia Aida. Come voi sapete, noi abitiamo proprio dall'altra parte di quel muro» precisò allungando la mano verso la finestra, «e io guardo questo posto fin da quando ero bambino, come fosse parte della mia casa. Del commercio, come le ha detto mamma, non capisco nulla, mentre penso di poterle essere utile in qualsiasi cosa si possa fare per dar sollievo a gente che soffre, che in fondo è quello che cercherò di fare quando riuscirò a terminare gli studi e ad esser laureato.»

Terminato di parlare, così come gli accadeva alla fine dell'esame, fissò gli occhi del Tiziani per intuire un giudizio. Il professore restò un momento a guardarlo, come considerando quello che gli era stato detto, poi allargò un sorriso e disse che capiva, che il suo progetto conferiva onore e merito a un giovane che, a quanto constatava, era così maturo da accollarsi il peso di una famiglia e allo stesso tempo non rinunciare all'idea di andare avanti negli studi.

Capiva, e dunque avrebbe trovato il modo di accoglierlo in quella sorta di famiglia che lui dirigeva, così disse allargando le braccia come un papa, ché proprio in quei frangenti aveva necessità di buone braccia e di intelligenza, di forza e di sensibilità.

«Tre dei nostri più validi elementi» spiegò «sono stati richiamati dai doveri della patria impegnata nella guerra d'Abissinia. Dunque la vostra necessità diventa per me una buona occasione per offrirvi quel lavoro con cui certamente sarete di sostegno alla vostra famiglia.»

Quindi si alzò dalla scrivania e allungò il braccio verso Beniamino, a porgergli un saluto. L'esame era stato superato, forse persino con un buon voto. L'Elemira, allora, si portò una mano alla bocca e represse un singhiozzo che già le montava, sforzandosi di mantenere l'impegno di non versare più lacrime.

Si salutarono in quel modo, dopo che il Tiziani ebbe spiegato a Beniamino il da farsi, con chi avrebbe dovuto parlare e quando, e finalmente, scendendo dalle scale verso l'uscita, il buio che li aveva accolti al loro arrivo parve più tenue. Persino quell'odore, quell'acre sentore misto d'animale e di dolore mal disinfettato, sembrò loro più leggero, quasi tollerabile.

Fu così che Beniamino oltrepassò la rete di metallo e si ritrovò accanto ai matti che prima guardava dal giardino della sua casa, dietro il roseto che ormai copriva quasi tutto quel confine.

La mattina compiva i pochi metri che lo separavano dal lavoro posseduto da un doppio stato d'animo: da una parte la soddisfazione per aver assunto quell'impegno, dall'altra il peso di un contatto con volti, suoni, odori che lo preoccupavano e ferivano.

Accanto a lui, le ombre che per anni aveva osservato si concretizzavano adesso in grumi di carne e ossa attraversati da un dolore speciale, da qualcosa di evidente e allo stesso tempo di misterioso che inquietava e strappava pena. Tutto il meglio e il peggio degli uomini sembrava essere là: in certe occasioni l'apatia dei matti pareva la porta d'accesso a una dimensione astratta, e certe espressioni stralunate e tranquille il segno di esplorazioni di mondi fantastici e stupendi. Ma accanto a quell'apparente soavità urlavano sguardi strizzati da una paura inesauribile, percorsi dalla realtà di un incubo che imprigionava e torturava le menti. Le grida, improvvise o continue. Il borbottio di pentola di certi ragionamenti inseguiti per ore. L'energia incredibile di tremiti e di spasmi che solo spesse cinghie di cuoio riuscivano a contenere.

Al cospetto di quella sofferenza, Beniamino provava l'impressione che nulla potesse essere fatto e che anche la medicina, quella scienza che lui aveva iniziato a studiare e che i signori dottori sfoggiavano nelle visite e nelle cure, fosse assolutamente inutile a comprendere o alleviare ciò che era poco comprensibile e alleviabile.

Le persone che avevano varcato il portone della casa dei matti, quelle che si sdraiavano o si accucciavano nei letti dei suoi quattro cameroni, quelle che giravano vestite con un lungo camicione, che rimanevano distese nei giacigli, ammansite dalle braccia dei custodi o dalle cinghie di contenzione, sembravano tutte aver oltrepassato con quell'ingresso le proprie colonne d'Ercole. Era un limite oltre il quale ogni cosa veniva chiusa alle loro spalle: i loro affetti, le loro storie minute, i vestiti con i quali erano soliti abbigliarsi e gli oggetti che avevano posseduto, tutto rimaneva al di fuori, come fosse appoggiato sulla battigia prima che la follia desse loro il definitivo spintone gettandoli nell'acqua di un oceano.

E là dentro, tra i marosi e le bonacce, erano quasi tutti povere barche alla deriva, scafi che ben presto si ricoprivano di incrostazioni e di muffa che l'umidità di quella distesa faceva crescere su di loro, avvinghiandoli, appesantendone il passo e il bordo, ricoprendoli in un abbraccio che, finalmente, li avvolgeva come relitti.

Eppure, in mezzo a quello sfacelo, talvolta era possibile intravedere un pezzo di fasciame pulito, una sartia asciutta, il brandello ancora colorato di una bandiera scampata a mille bufere. Erano squarci di luce che spesso si richiudevano in un istante, serrati dall'indifferenza o dalla disperazione, dal buio che circondava tutto e che inesorabilmente ogni cosa risucchiava.

L'abitudine, la familiarità del contatto giornaliero con quell'oscurità rendeva le persone che badavano ai matti quasi estranee alle rotte di quei poveri navigli, distratte o rassegnate a qualcosa che non sapevano o che avevano rinunciato a comprendere. La vita materiale di quella comunità sciancata, poi, contribuiva a separarne i destini: regole, incombenze, necessità pratiche spesso si rivelavano più importanti dei desideri o dei percorsi di quelle esistenze, e con il loro ripetersi, con il loro obbligo al rispetto, costruivano il letto di un canale, o forse un labirinto, dal quale era impossibile prendere il largo.

La sveglia mattutina, il tempo per lavarsi, quello in cui i matti venivano accompagnati nel grande salone o, se il clima lo permetteva, nel cortile, la distribuzione dei pasti e il rito della sfilata dei dottori tra i reparti, e infine il momento in cui, come il muoversi di un gregge, venivano riaccompagnati nei cameroni per il sonno, quando il buio si impadroniva degli spazi e il silenzio era continuamente ferito dai rumori di un riposo attraversato da paure e fantasmi: tutto questo sembrava doversi ripetere all'infinito perché l'immobilità apparente rendesse possibile sostenere un peso altrimenti insopportabile, grazie a un cerimoniale governato dalle braccia dei custodi e dalla tenacia delle sorelle, un ruminare che masticava il tempo e la sofferenza, le parole e i silenzi, gli sguardi e le urla, nel tentativo di digerire l'indigesto cibo della follia.

Beniamino andava e veniva tra lo spazio di quell'oceano e la casa dove aveva vissuto fin dall'infanzia e dove adesso, al riparo del suo nuovo lavoro, la vita sembrava aver riacquistato un'apparenza di tranquillità. L'Elemira aveva ricominciato a curare le faccende domestiche, a badare alla crescita della Mara e alle gabbie dei conigli, mentre l'Aida si lasciava trasportare dai suoi anni nel vuoto di ricordi sfilacciati, seduta nel giardino, accanto al roseto, come per stare il più possibile accanto al nipote che lavorava dall'altra parte della rete. Sorrideva quando lo vedeva sbucare accanto ai matti nello spazio del cortile, nutrendosi di un'immagine che per lei era già quella di un dottore tra i suoi pazienti, autorevole e distinto, deciso, pieno di una bellezza che annullava del tutto ogni zoppia, e che era il frutto della fatica del suo lavoro e del peso dei libri che aveva studiato.

Ma per Beniamino, quei libri restavano cementati in file ordinate sulla libreria della sua camera, nello stesso esatto punto del giorno in cui il Castellucci gli aveva fracassato la gamba. Restavano là, uno specchio nel quale vedeva riflettersi il volto dell'Ignazio e il suo. Quello dell'Ignazio con il sorriso stirato dalla morte che lo aveva sorpreso a tavola; il suo, nervoso, pieno di ansia per la rassegnazione che ormai sapeva di non poter sconfiggere.

Infatti, dal momento in cui aveva iniziato il lavoro nel manicomio, aveva sentito nascere dentro di sé, sempre più forte, la consapevolezza che l'impegno preso con suo padre, e poi ripetuto di fronte al Tiziani, quell'intenzione di terminare gli studi e laurearsi, era una promessa fatta al vento.

E questo non perché avesse con coscienza sostenuto il falso o protratto un imbroglio. Ai discorsi fatti con l'Ignazio e con sua madre aveva sinceramente creduto, e l'obbligo che sentiva verso di loro e verso la vecchiaia dell'Aida era stato uno sprone per affrontare la difficoltà della malattia e per accettare il camminare zoppo che lo feriva ad ogni passo. E anche quando l'Ignazio se n'era andato rendendo urgente la ricerca di un lavoro, l'idea di diventare medico non lo aveva abbandonato neppure un istante, anzi, proprio con quella sottobraccio si era recato di fronte al Tiziani, e proprio con quella accanto l'aveva convinto della propria forza d'animo, della capacità di essere responsabile. Un uomo.

Eppure, dal primo giorno in cui si era presentato dalla superiora caposala, una crepa sottile si era aperta in quella convinzione che aveva creduto ferrea, e giorno dopo giorno si era allargata fino a diventare una frana che aveva demolito il suo progetto.

Il contatto diretto con quello che aveva sempre osservato attraverso il confine della rete del giardino aveva dato la prima martellata al muro della sua certezza. Mentre seguiva la superiora nel reparto, la ascoltava illustrare le incombenze che avrebbe dovuto affrontare nelle sue mansioni, aveva sentito all'improvviso arrivargli addosso qualcosa di potente, un'ondata che lo aveva invaso, più forte di ogni altra convinzione, di ogni altro impegno.

Era il tanfo dei pensieri che ristagnavano negli stanzoni, il peso delle parole sospese, dei sogni incompiuti, i passi persi e storti di camminate che non portavano da alcuna parte. Erano le scarpe scalcagnate abbandonate accanto ai letti. Erano i letti sfatti, e le lenzuola chiazzate di bruno, la vernice scrostata delle porte e decine di occhi fermi, rapidi, vicinissimi, stretti e chiusi, smarriti, lontani. Erano le voci che si confondevano come in un mercato, un pianto, una risata, le prime frasi di un discorso che non si sarebbe mai concluso, e le parole di una suora che indicava un armadio, l'onda del movimento di una testa rasata e lucida, l'odore del cibo di mesi, il cigolare di un carrello lungo la corsia.

Era un rumore sordo, l'insistere di un'aria greve che spezzava il fiato e che pure costringeva Beniamino a guardare, lo obbligava finalmente a toccare da vicino quanto da anni aveva scrutato tra le maglie di metallo del suo giardino, a entrare accanto e in fondo a quel mormorio, a seguirne il movimento e respirare il sentore acre della vita che là dentro marciva.

Quando Fosco arrivò nel manicomio, Beniamino era immerso nelle parole del professor Cavani, come ogni volta rapito dal calmo parlare di quell'uomo che camminava indicando il cielo, temendolo e amandolo così tanto da averne fatto la propria prigione.

«Tutto al mondo è preordinato e giace nella mente di Zeus» gli diceva il vecchio. «Ma quella mente è insondabile. I suoi ritmi non sono percepibili dalle nostre orecchie. I suoi meandri costruiscono un labirinto il cui senso sfugge alla volontà di noi uomini.»

E così dicendo, lasciando con garbo il braccio che Beniamino gli tendeva nel camminare, portava una mano attorno al padiglione di un orecchio, gli occhi stretti nello sforzo di percepire qualcosa che evidentemente gli sfuggiva.

«Ascolta» ripeteva tutte le volte, «non senti un brusio senza senso che scortica e graffia ogni verità?»

Poi, come se volesse rivelargli un segreto profondo, dopo essersi accertato che sguardi indiscreti non tentassero di intromettersi, immancabilmente estraeva da una tasca del camicione lo stesso pezzo di carta, uno straccetto unto e brancicato sul quale giacevano ormai sbiadite linee di matita che un tempo avevano con più chiarezza tracciato un disegno, forse uno schema.

«Labirinto a dodici circonvoluzioni» sussurrava sporgendosi verso Beniamino, «labirinto cretese, nascosto nei percorsi dell'Ulisse di Itaca, chiaro e preciso come il Cosmo.»

«I greci già sapevano» chiosava infine ripiegando con cura la sua logora mappa del tesoro. E poi si lasciava condurre docile alla panchina, lo sguardo al cielo, recitando sempre gli stessi versi:

> Non lodarmi la morte,
> splendido Ulisse. Vorrei esser bifolco,
> servir un padrone, un diseredato,
> che non avesse ricchezza,
> piuttosto che signoreggiare
> su tutte queste ombre consunte.

Il braccio stretto attorno a quello del vecchio professore, Beniamino lo guidava attraverso il cortile, eppure si potrebbe dire che fosse lui a farsi volentieri condurre dalle parole con cui quell'uomo chiudeva, ogni volta, le proprie esternazioni attorno alla natura insondabile dei destini umani. Era affascinato e incuriosito da quel mescolarsi di sofferenza e di dolcezza, tra il peso della follia in cui viaggiava rinchiusa la mente del professore e lo spazio concesso agli uomini, lo stesso che il vecchio cercava di rivelargli come una gabbia altrettanto stretta e sigillata.

Mentre il ritmo dei versi di Omero scandiva i loro passi verso la meta di una panchina, Beniamino considerava come ci fosse della verità in quell'ossessione, una verità che forse era diventata la prigione di quell'uomo proprio perché si era arreso di fronte ad essa, di fronte alla consapevolezza di essere ormai smarrito dentro un labirinto senza uscita.

Di quei labirinti, in fondo, era piena la vita di ogni persona. Era un labirinto la vita dell'Elemira, stretta tra le incombenze familiari e il corpo dell'Ignazio immobile sulla sedia della cucina, e quella dell'Aida, persa ormai da tempo tra le cataste di biancheria lavata, la fatica, la pesantezza di quanto adesso preferiva ricordare il meno possibile, per avere finalmente un barlume di libertà. E la sua stessa vita lo era, pensava, con quel sentirsi in bilico tra qualcosa da cui era appena sfuggito e qualcos'altro che ancora non conosceva appieno. Allora, proprio alle parole del professore si attaccava, come a ogni sprazzo di luce che poteva vedere o sentire ancora vivo in mezzo a quella moltitudine di barche alla deriva.

Ai brandelli dei sogni di Marzio Cadorna, immusonito e scortese durante la giornata, ma pronto, se eri capace di raccogliere al volo le sue prime parole della mattina, a riversare la schiuma del sonno da cui era appena uscito come un boccale troppo colmo: mozziconi di frasi, descrizioni brevissime di luoghi che sosteneva di aver conosciuto, litanie di nomi che parevano poesie, snocciolate come un definitivo saluto, prima di immergersi per il resto della giornata in un silenzio interrotto soltanto da borbottii e pianti che, come rigurgiti di lava, lasciava eruttare per una sofferenza interna incontenibile.

Al raccontare della signora Baldini, che a suo dire aveva partorito sette figli, li aveva allattati e accuditi, cresciuti, istruiti e fatti sposare tutti a buoni partiti, lei che in realtà di figli non ne aveva mai avuti. Teneva nella tasca del camicione una castagna rinsecchita, così come suo marito la chiamava per disprezzo, castagna vizza incapace di dargli lo straccio di un erede. Così passava le ore a raccontare, dondolandosi leggermente come in una ninna nanna per accompagnare la litania di sette nomi ripetuti all'infinito, dei nomi delle nuore e dei nipoti, di quelli delle città in cui viveva la sua sterminata famiglia, e in cui lei avrebbe dovuto sbrigarsi ad andare per dare a ciascuno un aiuto e un sostegno.

In quelle e in altre anime Beniamino vedeva una storia, nascosta o aperta, ma sempre pesante e angosciosa, scritta sulla pelle con il coltello della malattia. Era per questo che spesso quelle bocche ruttavano dolore, sanguinavano, così come gli aveva spiegato l'Ubaldo Mei, a ragione delle ferite che si procurava intingendo poi nel sangue un bastoncino appuntito ricavato dal roseto, con cui, non appena riusciva a sfuggire agli sguardi dei custodi, scriveva lo srotolarsi della sua vita sull'intonaco dei muri. Righe e righe aveva scritto l'Ubaldo, e come una tela di Penelope, suore e custodi ogni volta gli avevano insaponato infatti le frasi, cancellandole e grattandole con stracci e spugne per ripristinare l'ordine del manicomio e costringerlo così a ricominciare la sua scrittura.

E anche il giorno in cui Fosco arrivò, accompagnato da una coppia di carabinieri, Beniamino lesse nel suo sguardo il peso della sua storia, il seme di un'inquietudine che lo incuriosiva, della quale avrebbe voluto conoscere origine e percorsi, il senso, il modo.

Chiamato dalla superiora caposala all'ingresso del salone, vide tra i due militi dell'Arma un giovane magro e alto, gli occhi in movimento che scrutavano intorno irrequieti, così come tutto il corpo era attraversato da un'evidente impazienza. Sembrava un uccello spaventato, un albatros sgomento che cercasse ansiosamente un posto dove posarsi in tranquillità.

In quel mondo ogni accadimento che portasse il segno di una possibile novità spezzava la crosta di abitudine delle ore sempre uguali, attirando l'attenzione di chi tra gli abitanti del manicomio era ancora vigile, capace di percepirla. Così, come uno stormo di piccioni che si avvicini a qualche briciola di pane abbandonata, un certo numero di loro lentamente si alzava e si accostava al punto in cui stava capitando qualcosa, scrutando, facendo mosse o versi, puntando e indicando.

Erano movimenti innocui che per chi frequentava quel microcosmo non destavano preoccupazione, eventi certo non frequenti, ma comunque già visti e conosciuti, tenuti a bada con un'occhiata o un gesto della mano. La suora, dunque, gettato uno sguardo all'avanzare dei curiosi, stava leggendo le note d'ordine che i medici avevano stilato sopra un foglio, mentre i due carabinieri accanto al giovane sembravano intimoriti dall'assedio che si andava realizzando.

Beniamino giunse verso di loro scostando con gentilezza un paio di matti, incrociò lo sguardo irrequieto di Fosco e intuì in quel guardare ansioso lo stesso sentimento con cui in quei giorni stava masticando la consapevolezza del proprio fallimento, di una laurea irraggiungibile, e del suo pericoloso scivolare in un labirinto. E come in quelle simmetrie misteriose che a volte, senza nessuna ragione apparente, legano le esistenze delle cose e delle persone, il vagare degli occhi di Fosco si fermò addosso allo sguardo di Beniamino, gli entrò dentro e si aggrappò al timore che probabilmente vi scorse. Vi si legò forte, con un'intensità che lui sentì reale come un abbraccio e che si tradusse in un sorriso aperto, come quello di due vecchi amici che si rincontrino dopo molto tempo.

Il giovane, allora, lasciò la scorta dei carabinieri facendo due passi verso Beniamino che arrivava, e del resto i militi non opposero resistenza, sollevati in cuor loro da una guardia che non amavano fare, a quella persona tocca e in quel posto inquietante. La suora alzò appena lo sguardo dai fogli e visto Beniamino gli indicò il numero dello stanzone e il letto dove sistemare il nuovo ospite.

Fu un gesto naturale, per Beniamino, aprire le braccia e accogliere il giovane che quasi gli si gettava incontro con un'unica parola: «Benvenuto». L'albatros affondò il viso nel suo petto, e restò in silenzio per qualche secondo prima di lasciar andare un respiro lungo e un sibilo di voce con la quale disse il proprio nome, ripetuto almeno quattro o cinque volte.

Poi si tirò dritto, le lacrime agli occhi, scandì a Beniamino parole dure e taglienti come un coltello: «Devo scappare» disse «dove non mi possano trovare».

Beniamino sentì dentro di sé il calore della paura, e il peso di una responsabilità che era già negli sguardi che s'erano scambiati. Passò rapidamente in rassegna le esperienze di quei primi mesi di lavoro alla ricerca di qualcosa che lo aiutasse senza trascinarlo dentro le sabbie mobili della malattia che sentiva aggrapparsi alle sue braccia. Ma la ragione non gli venne in aiuto, perché la paura fu più forte di tutto, e su quel timore vinse quanto aveva desiderato fin da bambino: scavalcare la rete del giardino e unirsi al gregge dei matti a masticare le rose.

Così, con quel grumo tremante tra le braccia, quel giorno volle essere il professor Cavani, e dare a quell'uccello marino spaventato l'unica risposta che un pazzo avrebbe potuto dare al terrore che stringeva a sé:

Verso l'Olimpo, andiamo,
dov'è, dicono, la sede dei numi:
non dai venti è squassata,
mai dalla pioggia è bagnata,
non cade la neve, ma l'etere sempre
si stende privo di nubi,
candida scorre la luce:
là il giorno intero godono
i numi beati.

Nel corso dei molti anni che la vita gli avrebbe ancora concesso, Beniamino più volte avrebbe considerato come, sparsi nei giorni di ogni nostra singola esistenza, appaiano i segni chiari di una strada che ci invita ad essere percorsa, nomi sconosciuti eppure familiari, e cose e momenti che, come il frontespizio di un libro, sono titoli, autori, date, tracce di una storia scritta nelle pagine seguenti.

Accade come in certi sogni, nei quali molto è oscuro e al tempo stesso evidente: non si conosce, ma si sa. Talvolta oggetti o persone compaiono all'improvviso dal nulla e portano con sé tutto quanto avverrà di lì a poco. E a questo avvenire, forse un destino, noi tutti quasi ci abbandoniamo, ci affidiamo come se avessimo finalmente ritrovato qualcosa di indefinito che, per molto tempo, non eravamo riusciti compiutamente ad afferrare. E dunque, se Beniamino trovò tutto questo nello sguardo di Fosco, l'arrivo del dottor Rattazzi la sera di quella stessa giornata fu una conferma degli strani percorsi che intrecciano fatalità ed esistenze.

Le ultime ore, infatti, erano state dense di emozioni e di incombenze pratiche, di tutto quanto aveva dovuto fare per introdurre Fosco nella vita di quella strana comunità senza sconvolgere troppo la sua anima già attraversata da una paura palpabile, ferita dall'ampiezza delle stanze, dai rumori e dagli odori che rimbalzavano nei cameroni creando dentro di lui un moto di burrasca. Beniamino aveva accompagnato con pazienza quel giovane malato lungo i corridoi fino al dormitorio, a mostrargli il letto che d'ora in poi sarebbe stato la sua "sede dei numi"; e poi dolcemente gli aveva illustrato luoghi e persone che affollavano la casa, raccontando ora una piccola storia, ora un aneddoto, citando una città o una data.

Con Fosco accanto, timoroso compagno di quella sorta di viaggio iniziatico, Beniamino aveva attraversato l'universo dei matti, cercando di alleggerire con le parole la pesantezza della realtà che i muri rinchiudevano, conservavano e restituivano ai loro abitanti. Così, mentre, quasi arrotolato su se stesso, il nuovo inquilino rimaneva seduto in punta al materasso del letto, lui aveva stirato le coperte del giaciglio ripassandole con le mani, mostrandogli sul comodino il pezzo di sapone e l'asciugamano, e intanto aveva narrato delle migliaia di lenzuola che l'Aida aveva passato al fosso per dare un aiuto al marito, prima e dopo che le terzane se lo mangiassero in un amen. Gli aveva parlato delle gabbie dei conigli e di quel disgraziato del Castellucci che gli aveva rovinato la laurea e una gamba.

Insieme erano andati ai bagni, a guardar l'acqua scendere dalle cannelle veloce e fredda nei lavandini, più in fretta delle storie con le quali Beniamino cercava di distrarre la ritrosia di quell'albatros chiuso in se stesso, appoggiato al muro di piastrelle. E infine erano arrivati nel cortile, a respirare un po' d'aria libera dagli scarti dei sogni e dei cibi, e là Beniamino s'era avvicinato alla rete e aveva indicato a Fosco la propria casa che continuava a starsene oltre il roseto immobile ed eguale da anni, senza dar mostra di preoccuparsi di quanto succedeva dall'altra parte del confine, lei che di guai ne aveva già abbastanza da contenere, tra la disperazione dell'Elemira e i ricordi che sempre di più l'Aida lasciava sparsi in giro, come un ragazzetto disordinato con i propri giochi.

Passo dopo passo, storia dopo storia, la diffidenza di Fosco sembrava cedere spazio a una parvenza di tranquillità che le parole di Beniamino gli stavano costruendo, larghe e affettuose come l'abbraccio con il quale l'aveva accolto in quel luogo di pena. Incoraggiato da quel disgelo, allora, Beniamino aveva accompagnato il suo albatros verso una panchina, accanto al roseto, con l'intenzione di mostrargli le rose e fargli sentire il profumo e il gusto dei fiori con cui i pazzi cibavano la loro felicità.

Fu mentre raccontava di se stesso bambino, di quando appoggiato alla rete se ne stava a spiare quella beatitudine, che si accorse di un uomo seduto accanto a loro, un uomo in camice bianco, silenzioso e attento, come Fosco preso ad ascoltare le parole con cui lui stava tentando di rabbonire la paura: aveva un aspetto signorile, un paio di penne dorate che spuntavano dal taschino e soprattutto il distintivo smaltato con lo stemma del manicomio. Era un medico.

Beniamino ebbe un sussulto e si zittì: già alcune volte era stato biasimato dalle sorelle e dai colleghi più anziani perché, a detta loro, perdeva tempo dietro ai matti coi suoi discorsi. Certo, era ammirevole la volontà di ammansire e tener tranquillo ciò che poteva esplodere da un momento all'altro, ma non si potevano gettar via le ore dietro fole e nuvole, quando c'erano decine di altre anime perse, stanzoni e cucine, corridoi e ambulatori da pulire e tenere in ordine.

Così, all'istante, ritenne che quello sguardo interessato fosse l'anticipazione di un nuovo rimprovero. Ma poi, mentre il silenzio si protraeva, prima però che si trasformasse in imbarazzo, l'uomo allargò un sorriso e parlò, e Beniamino fu conquistato subito dalla giovialità del suo discorrere:

«La fragranza di certi fiori mi ricorda sempre quella della carne» disse staccando un paio di petali che strofinò tra le dita, portandosele infine al naso e inspirando profondamente, con visibile soddisfazione.

«Se chiudiamo gli occhi, se ci isoliamo dalla confusione e anche solo per un momento ci immergiamo nel profumo e nel piacere del tatto, riusciamo davvero ad allontanarci da tutto», e così facendo serrò le palpebre e con grande concentrazione continuò a strofinare e annusare tra le dita i rimasugli dei petali ormai ridotti a pezzetti.

«Nella casa dove abitavo da piccolo» continuò «c'era un vialetto bordato dai fiori che mia madre si divertiva a piantare e che noi ragazzini ci divertivamo a strapazzare, per il gusto di trarne una sorta di poltiglia, di sentir crocchiare le foglie, di lasciar andare per l'aria quel carnevale di profumi.»

Sorrideva, quell'uomo, lo sguardo fermo su un punto del cortile come se stesse guardando molto più lontano di dove stava puntando gli occhi.

«Avete mai provato a far scoppiettare le campanule? E a succhiare il gambo delle viole del pensiero?»

E subito dopo staccò dal roseto altri petali e li offrì ai suoi due interlocutori.

«Su, coraggio, provate a strofinarli e a sentirne il profumo» disse con un tono cordiale e soddisfatto che a Beniamino ricordò quello dell'Ignazio quando, un metro di scampolo srotolato sulla spalla, invitava le clienti a verificare, tastandola, la qualità della merce.

Rimasero così per un po', in silenzio, tutti e tre impegnati a strapazzare tra le dita i petali delle rose e poi ad annusarne la fragranza, proprio come in un divertimento di bambini. Fosco, in particolare, dopo i primi istanti di diffidenza, aveva acquistato più convinzione e mostrava di impegnarsi profondamente a strofinare e ad annusare i profumi, condividendo il piacere di quell'aroma con sorrisi sempre meno timidi.

Beniamino, invece, era sorpreso, spiazzato dalla gentilezza di quel misterioso personaggio che, pur possedendo l'apparenza esteriore del dottore, non aveva i modi scostanti e seri con i quali in genere i medici trattavano custodi e pazienti. Pertanto rimase ancora un po' sulle sue, usando il paravento di quel loro gioco per prendere tempo, e capire.

Fu in quel momento che nel cielo del manicomio apparve uno stormo di uccelli, numeroso e così fitto da oscurare quasi completamente il sole. Il brusio del cortile fu attraversato da un frullar d'ali, dal rapido movimento del nugolo nero che cambiava all'improvviso direzione, alzandosi e abbassandosi come un unico corpo.

Quel passare improvviso fu come una frustata: la maggior parte dei matti alzò la testa verso il cielo, lanciò richiami e urla, agitando le mani come per attirare l'attenzione degli uccelli. Anche Fosco fu rapito da quei passaggi, e dopo un primo momento di smarrimento, gli occhi fissi sullo stormo che volteggiava, s'alzò di scatto dalla panchina e, agitando le braccia come fossero ali, cominciò a correre, a roteare su se stesso, a cercare di imitare le evoluzioni che vedeva compiersi sulla sua testa.

Come se avesse dato un segnale, altri matti s'alzarono dalle panchine e cominciarono a correre per il cortile, improvvisando una danza frenetica, un trionfo di confusione e di rumore: correvano, saltavano, imitavano il volo lanciando strida e ululati, incuranti dei richiami dei guardiani che tentavano in tutti i modi di fermare quella baraonda.

Beniamino era rimasto fermo, indeciso sul da farsi: se precipitarsi anche lui a cercare di arginare lo scompiglio o lasciare che si esaurisse da solo. In fondo a se stesso, però, era anche lui rapito da quella danza, da quell'esplosione di energia che aveva animato all'improvviso il sopore abituale del manicomio. Era uno spettacolo affascinante e terribile insieme, fatto di passi scoordinati, di gesti sproporzionati, di traiettorie senza senso che parevano, in tutto e per tutto, lo specchio visibile dei percorsi contorti di quelle menti, il loro parlare incoerente, i silenzi e le urla, le ossessioni e le paure. Un urtarsi di corpi sgraziati, una cacofonia di suoni che pure, nel suo assurdo insieme, sembrava esprimere una propria ragione, una sorta di dignità. Quasi una bellezza. Così, a Beniamino parvero piuttosto i richiami dei custodi e le grida delle sorelle a stridere in quella perfezione caotica, una lama di coltello sopra una crosta di colore apparentemente incongrua.

Questo pensò Beniamino di fronte al volo dei matti, e di questi pensieri quasi si vergognò, neanche fossero licenze inammissibili dal dovere per il quale era pagato, e che proprio i suoi colleghi stavano tentando di compiere, mentre lui se ne stava seduto a contemplare una danza, come a teatro.

Così, sentendo montare una sorta di senso di colpa, si era già alzato dalla panchina quando la mano dell'uomo che gli era seduto accanto lo fermò:

«Lasciateli fare» disse, «è meglio non bloccare la lava che esce dal vulcano. È sufficiente controllare, prestare attenzione a che non strabordi, prima che questo temporale passi e ci lasci senza elettricità.»

Poi, proprio come i matti, alzò anche lui le braccia e le diresse verso il cielo, là dove lo stormo stava ancora volteggiando: le ruotava, le alzava e le abbassava in direzione degli uccelli e a Beniamino per un attimo parve una specie di prestigiatore che potesse guidare la loro direzione, un bambino che tenesse il filo di un aquilone fatto di ali, di una flotta veloce che, accompagnata proprio dal movimento di quelle braccia, stava ormai cercando un altro spazio.

Il cielo infatti si fece presto sgombro e come se il cortile fosse il suo specchio, poco alla volta anche i matti liberarono lo spazio, tornando esausti all'apatia dalla quale erano venuti.

L'uomo rimase ancora un momento a guardare verso l'alto, poi si voltò verso Beniamino:

«In ogni caso» disse allungando una mano, «io sono il dottor Rattazzi, e ho iniziato proprio oggi il mio incarico in questa reggia.»

Girò lo sguardo intorno come per verificare un pensiero che gli stava attraversando la mente e sbottò:

«Ricordatevi, gli uccelli, da lassù, hanno un punto di vista migliore del nostro.»

L'arrivo del dottor Rattazzi portò un refolo di brezza nell'aria stantia in cui, nella casa dei matti, si masticava il dolore. Non grandi novità, nessuna rivoluzione, ma la sensazione che, appunto, qualcuno avesse socchiuso una finestra e che da questa potesse passare una bava di vento fresco. Tuttavia, nell'immobilità di quel mondo, qualsiasi possibilità di cambiamento poteva essere considerata alla stregua di un pericoloso attentato a un equilibrio conquistato e mantenuto con fatica.

Il dottor Rattazzi era certamente diverso dagli altri medici, così disponibile e gioviale nei rapporti col personale quanto scrupoloso e intransigente nei confronti di ogni incuria e mancanza verso i pazienti. In particolare custodi e sorelle faticavano a comprendere e ad accettare la sua presenza continua nei reparti, la sua volontà di conoscere a fondo le storie dei matti, la sua attenzione quasi maniacale per i comportamenti di quelle barche alla deriva.

Era come se volesse esprimere la ferrea voglia di non arrendersi nei confronti di quella che, per quasi tutti, medici compresi, era un'evidenza: la forza sovrumana della follia che tormentava quelle anime, la sua natura ancora quasi del tutto misteriosa, difficile da comprendere e da contenere.

Quello che più turbava, di quel dottore, era la sua contiguità con il dolore, una sorta di condivisione che egli manifestava con continue domande, nel suo tentativo di parlare con le bocche storte, nella volontà di entrare in contatto con gli occhi spenti, nel discorrere sulla materia dei loro sogni, nell'annotare episodi.

Questo comportamento colpiva fortemente le abitudini di quel manicomio di provincia, che ben presto cominciò a difendere la propria tranquillità con la vecchia arma della diceria: iniziarono infatti a circolare storie sul conto di Rattazzi. I suoi precedenti incarichi sarebbero stati costellati di scontri con altri medici, di originali tentativi di cura falliti miseramente, e il suo attuale lavoro sarebbe stato la punizione per una manifesta incapacità.

Il sistema immunitario di quella comunità si difese egregiamente dall'intruso tessendo una ragnatela di parole, e nel giro di qualche mese riuscì a isolarlo, proprio come un batterio a lui estraneo. Rattazzi finì per essere considerato una bizzarria della casa, una nota di colore che, se non le si fosse data troppa visibilità, avrebbe potuto convivere con il tono soffuso dell'abitudine.

In questo furono maestri i colleghi medici di Rattazzi, il professor Tiziani in testa, ben attenti a non lasciarsi trascinare più di tanto in nuove prospettive, in qualsiasi innovazione potesse turbare l'oasi di tranquillità che si erano ricavati negli anni.

In quell'angolo di provincia, quasi tutto arrivava

ovattato, smussato, persino le grida con cui il Duce aveva proclamato il risorgere dell'Impero sui colli fatali di Roma. E proprio da Roma, gli studi di due professori stavano proponendo una modernissima e rivoluzionaria terapia per la cura dei pazienti schizofrenici, una macchina e un gruppo di elettrodi che avrebbero fatto passare elettricità nel cervello dei matti.

Il Tiziani era stato laggiù, al Policlinico, a vedere quel prodigio, e poi ai colleghi aveva riferito di quella cura "elettroconvulsionante", spiacevole a vedersi e a praticarsi – disse – ma dai primi risultati un toccasana per arrestare, grazie allo stimolo delle convulsioni, i deleteri effetti della schizofrenia.

Il problema, allora, era se lanciarsi in quella sperimentazione, proponendosi, in linea con quanto predicava il Regime, come pionieri della ricerca per il bene degli uomini, oppure attendere con pazienza nuovi risultati, senza turbare l'equilibrio precario che con tanta fatica era stato raggiunto in anni di lavoro. Stretti da questo dilemma i medici del manicomio lasciavano scorrere il tempo, lo rallentavano con le loro considerazioni, con discussioni lunghe e capziose, intricate tanto quanto bastava a giustificare l'esigenza di rimandare ogni decisione.

A questo gioco il dottor Rattazzi non partecipava, approfittando volentieri di quell'emarginazione che la sua eccentricità gli aveva procurato nella vita del manicomio. Preferiva invece continuare a osservare i matti, ad annotare sopra i suoi quaderni chissà quali considerazioni.

Dal canto suo, Beniamino non avallò l'ostracismo della comunità nei confronti di Rattazzi. Anzi, dentro di sé provava persino rabbia nel vedere l'indifferenza con cui quel dottore reagiva alla poca considerazione che gli altri medici gli riservavano, ai commenti ironici dei custodi, all'inerzia che lo circondava. Rattazzi gli era simpatico, gli ispirava fiducia, e nella sua giovialità per certi versi gli ricordava l'Ignazio, e dunque avrebbe voluto vedere più rispetto intorno a lui. In qualche modo, poi, si sentiva a lui affine, perché, anche se fin dal primo giorno di lavoro aveva tentato di assecondare gli usi e i voleri di quel luogo, non si era mai sentito in sintonia con i colleghi e le sorelle, e i medici, addirittura, erano sempre stati una galassia algida e irraggiungibile.

Rattazzi, invece, era lì, presente, vicino. E a volte, quando Beniamino accompagnava Fosco a una panchina del cortile, si sedeva accanto a loro come la prima volta in cui si erano conosciuti, e senza dire una parola staccava ancora qualche petalo di rosa per ripetere insieme, come un lessico familiare, il loro gioco di bambini.

Quando restavano in quel modo, in silenzio, a stropicciare e annusare i fiori, Beniamino percepiva il mistero di un linguaggio nascosto, di qualcosa che non era detto esplicitamente e che comunque li legava. E in quel legame che si creava nel cuore immobile del manicomio, non esisteva la netta distinzione con cui l'ordine clinico intendeva imbrigliare la malattia. Ognuno di loro, partecipando a quel gioco, dimostrava di avere bisogno di qualcosa, e su quella panchina, per il breve tempo in cui l'effluvio dei petali si spandeva attorno, non sedevano un medico, un matto e un custode, ma tre persone piene di dubbi e di domande.

Probabilmente per questo nacque la loro amicizia.

Per questo dialogo senza parole tra le fissazioni disperate dell'albatros, le incertezze di Beniamino e il cercare a vuoto del dottor Rattazzi. Nessuno dei tre sapeva con certezza. Soltanto sentivano che quella contiguità poteva essere un momento di respiro in mezzo all'aria densa come melassa che li circondava; che forse, nella loro tacita condivisione, stava il sollievo per qualcosa che non poteva avere un conforto sicuro. Soltanto speranza.

Ma l'Italia era attraversata da altre, ben diverse speranze. Il dittatore aveva annunciato la guerra, urlando da un balcone verso la folla che inneggiava. Quel proclama di future disgrazie venne accolto come in una festa di paese, tra sorrisi e grida di giubilo. Del resto, la propaganda del Regime aveva sparso in lungo e in largo l'idea che si sarebbe trattato di un lampo, quasi una rasoiata, una svelta ricetta con la quale confezionare un piatto appetitoso, al prezzo conveniente di una manciata di morti per la gloria della Patria.

I primi mesi delle ostilità si trascinarono dietro l'entusiasmo per una vittoria che appariva certa e naturale. Le linee del fronte, là dove eventualmente si poteva consumare l'intralcio di qualche lutto, erano lontane anni luce e la loro realtà si manifestava soltanto con la partenza di giovani soldati che privava la tranquilla vita della provincia di qualche dozzina di voci squillanti.

Da parte sua, Beniamino non aveva mai condiviso l'entusiasmo per quella che, come gli aveva più volte ripetuto il dottor Rattazzi, altro non sarebbe stata che una carneficina.

«Ricordati» gli ripeteva quando toccavano l'argomento, «la guerra risponde soltanto a una voglia di morte che è la perfetta antitesi di ciò che alimenta la vita. E questa pulsione spesso scatena il peggio che teniamo nascosto dentro di noi e, ti assicuro, anche il più terribile degli incubi di fronte a questo peggio può essere una passeggiata. *A la guerre comme à la guerre*, è un detto che mi mette i brividi» concludeva immancabilmente.

Beniamino non comprendeva neppure l'eccitazione della maggior parte dei suoi amici, che vedevano nella partenza per il fronte l'occasione per atti di eroismo. Il suo lavoro gli aveva insegnato che altri sarebbero stati i bisogni, altre le urgenze. Per esempio, pensava, la malattia che lo circondava ogni giorno, quella sì che avrebbe potuto offrire occasioni di eroismo: riuscire a trovare il filo della matassa ingarbugliata del cervello di un matto, mettere le mani dentro una di quelle teste ed estrarre finalmente il seme che faceva marcire i pensieri, che stravolgeva i corpi, che straziava le esistenze.

Così Beniamino aveva cominciato a considerare con animo differente la scivolata che gli aveva spezzato la gamba. Il Castellucci, che ora partiva baldanzoso per il fronte, gli aveva regalato, assieme alla zoppia che lo tormentava, anche l'esonero dagli obblighi militari.

Del resto il suo fronte lui l'aveva già: era tra i muri di mattoni della casa dei matti, tra il cielo insondabile del professor Cavani e le tenebre in cui veniva risucchiato Fosco.

Una mattina il giovane s'era svegliato cupo di sogni e impressioni. La malattia, quel giorno, lo dominava completamente. Gli aveva cancellato ogni certezza, ogni riferimento. Non aveva più nome, non aveva più corpo, non riconosceva altro se non l'odore di metallo della paura che lo mangiava dall'interno. Rimaneva attonito sul letto, scosso ogni tanto da tremiti che suscitavano pena.

Beniamino, vistolo in quello stato, aveva insistito per restare un po' vicino a lui, litigando con il Bruni, un altro custode, che voleva subito mettergli le cinghie e scendere di sotto a sbrigare gli altri lavori. Cominciarono a volare accuse, toni eccitati che solo l'arrivo del dottor Rattazzi fece cessare.

Dentro di sé, intanto, Fosco sentiva un vuoto immenso nel quale bruciava un fuoco fortissimo. Ma era un fuoco gelato, tenebroso, nero di pece e pesante come marmo, qualcosa che s'era piazzato sul suo torace e non lo lasciava respirare, non lo lasciava parlare. Dentro quel buio non c'era nessuno che potesse aiutarlo. Non ricordava i volti di nessuno, i nomi di nessuno. Vedeva soltanto il fuoco che bruciava tutto e l'abisso in cui tutto precipitava.

Nel mezzo di quel deserto di tenebra, Fosco sentì una voce lontana. Con fatica socchiuse gli occhi, vide Beniamino e il dottor Rattazzi e quella vista probabilmente lo riportò alla familiarità del gioco dei petali che così tanto gli piaceva.

Beniamino teneva ferme le braccia di Fosco. Gli occhi serrati, le labbra strette, scosso da un tremito continuo, quel povero ragazzo sembrava davvero un relitto in balia di un'onda gigantesca. Lo teneva fermo e intanto pensava a quando la Mara, da piccina, era stata presa dalle febbri che le avevano provocato convulsioni così forti che l'Elemira aveva temuto ne dovesse morire com'era stato per l'Antonio.

L'aveva vegliata una notte intera, badando al tremito che la squassava, povera di una, finché al mattino, disperato, mezzo addormentato dalla fatica, aveva sognato di vincere la malattia prendendola in giro, distraendo la Mara dalle sue braccia con gli stessi giochi con i quali erano soliti divertirsi in giardino. Aveva fissato il viso della sorella e mentre la chiamava con una vocetta, aveva cominciato a strabuzzare gli occhi e a farle boccacce.

La Mara, forse richiamata da quel suono familiare, era uscita dall'anfratto di febbre dove s'era nascosta, aveva alzato le palpebre e visto la faccia di Beniamino stravolta dalle smorfie. Così, com'era solita fare nel loro gioco, aveva allargato un sorriso e aveva ricambiato le mosse del fratello con una linguaccia che per lui era stato il chiaro segno che la sorella era tornata alla vita.

Anche quella mattina, dunque, mentre Fosco s'era perso nel suo deserto scuro, senza neanche saper bene il perché Beniamino si mise a imitare le smorfie con cui la sofferenza stava stravolgendo il volto al ragazzo, e così, quando questi aprì gli occhi sentendo la voce del dottor Rattazzi che lo chiamava, si trovò di fronte la faccia del suo custode deformata dalle boccacce.

Tutto rimase in sospensione. Gli sguardi dei due si annodarono per un lungo attimo e Beniamino ebbe la netta sensazione di esser riuscito ad afferrare in qualche modo l'albatros, così come un soccorritore avrebbe potuto afferrare per un braccio chi stava affogando in un gorgo d'acqua. Rassicurato da quella presa, continuò nel suo gioco, che quasi diventò una provocazione: avvicinò il suo volto all'altro, dondolò la testa avanti e indietro, stravolse ancora di più il viso in una ridicola mimica che imitava la sofferenza del paziente.

E proprio come se fosse stato riportato in quel modo a galla nella realtà, Fosco si guardò meglio attorno. Vide il vuoto del dormitorio attraversato dal sole che entrava dai finestroni, sentì i grugniti e i sibili di Beniamino, che continuava a deformare il suo volto con le smorfie. Dentro di lui il buio ancora lo attirava con forza, con la sua corrente d'acqua impetuosa. Da una parte il nero dell'abisso, dall'altra la luce e gli sberleffi del suo custode che lo chiamavano. Fosco, allora, lasciò andare un lungo respiro, si mise in piedi sul bordo del fiume e a quegli sberleffi si aggrappò. Tirò fuori la lingua dalla bocca, storse le labbra e spalancò gli occhi e infine lanciò un urlo che sentì rimbombare nello stanzone, picchiare sui muri e sui letti e ritornare a lui, abbracciandolo. Forte di quella stretta mise ancora più lena nel rispondere con le smorfie a quelle del suo custode, continuando a lanciare le sue urla di liberazione, che finalmente cominciarono a riempire il vuoto del dormitorio.

L'eco delle urla con cui quella mattina Fosco risalì alla superficie toccò in modo indelebile l'animo di Beniamino. Fu come se attraverso quel gioco involontario egli avesse scoperto una specie di porta per accedere ai cieli nei quali il suo albatros tentava il volo, un volo irregolare e sciancato proprio come il passo zoppo che il Castellucci gli aveva regalato. Quel sentimento indefinito e misterioso che da sempre Beniamino aveva provato spiando i matti dal suo giardino trovava nel suo insolito rapporto con Fosco una possibilità di compiutezza, qualcosa ancora non chiaro, ma concreto e reale. E questa concretezza gli fu confermata anche dall'interesse che il dottor Rattazzi mostrò per quanto era accaduto nel dormitorio.

Rattazzi era rimasto colpito dal modo in cui Beniamino era riuscito ad agganciare Fosco nella sua disperazione, perché questo gli confermava, gli disse con il suo tono un po' misterioso, che troppo spesso noi rinunciamo a usare il cuore e la fantasia per entrare dentro i luoghi che ci fanno paura, dai quali ci difendiamo con il paravento della scienza e della ragione.

Beniamino in verità non comprese a fondo cosa volesse dire, e prese quel parlare un po' come i versi del professor Cavani, qualcosa di poetico con cui accompagnare un'idea vaga. Però la percezione di esser riuscito a stare accanto a Fosco, ad essergli d'aiuto, quella gli era chiara, precisa, e gli regalava un senso di piacere e di soddisfazione.

Era qualcosa che dava sapore al suo lavoro, che aggiungeva un senso al pedissequo e abituale rotolare delle incombenze quotidiane, dei letti da rifare e delle camere da pulire e tenere in ordine, dei pazienti a cui badare, del cibo da distribuire.

Era incuriosito come un viaggiatore che entra in un paese straniero e tenta di comprenderne i modi, le architetture, la lingua. Sfuggendo alla tirannia dei doveri, prese a sedersi talvolta accanto a qualche matto, ad osservarne lo sguardo fisso, il dondolio continuo della testa o il tremito della bocca, quasi cercasse un passaggio per poter finalmente esplorare la disperazione che quella crosta orribile nascondeva.

Così, proprio come gli capitava da bambino, quando doveva combattere contro i rimproveri dell'Aida o i richiami di sua madre, Beniamino si trovò a sfidare i rimbrotti delle sorelle o dei colleghi, che vedevano in quel suo modo di fare qualcosa di eccentrico, in un luogo che di eccentricità non aveva, a loro dire, ulteriore bisogno.

Ma forte della propria curiosità, Beniamino non rinunciava alle sue passeggiate con il professor Cavani tra Omero e la paura dei cieli, ad accompagnare Fosco nei suoi abissi di silenzio, finché l'albatros non si accorgeva di lui e non ritornava a galla regalandogli un sorriso o una parola.

In questo modo la vita di Beniamino era cambiata e si era allontanata dalla casetta che pure stava appena dall'altra parte del cortile. O forse era proprio a causa di questa contiguità che la sua esistenza gli pareva ormai totalmente compresa nello spazio del manicomio e che anche la casa dov'era nato e cresciuto sembrava parte di quello spazio.

L'Elemira si adombrò non poco, perché se fortunatamente il lavoro del figlio aveva risolto i più pressanti problemi economici, che se ne faceva adesso di un ragazzo ormai del tutto assente dalla vita familiare, e assorbito ben oltre l'orario di lavoro dal contatto con quelle anime perse che stavano al di là della rete? Guardava il magazzino dell'Ignazio ormai assalito dalla polvere e dall'abbandono, e un groppo di nostalgia mista a un senso di colpa le serrava la gola. E allo stesso modo, ogni volta che si dedicava alla cura dei conigli, ancora le tornavano alla mente, forti e precise come se le avesse appena ascoltate, le ultime parole pronunciate dal marito, un attimo prima che la morte lo inchiodasse alla sedia della cucina. Fosse stato per lei, avrebbe aperto le porte di quelle gabbie e avrebbe lasciato che i conigli se ne andassero in giro per i prati, a cercarsela da soli l'erba, senza obbligarla alla fatica che solo lei si impegnava a compiere per soddisfare l'ultimo desiderio del suo uomo.

E mentre accudiva le sue bestie, vedeva il figlio assieme ai matti dall'altra parte del giardino, e l'Aida seduta accanto alla rete che fissava chissà che cosa e allora la solitudine l'assaliva, l'abbracciava e la stringeva così forte che neanche l'Ignazio. Si sentiva sola, l'Elemira, sentiva dentro di sé un vuoto che avrebbe voluto riempire con le lacrime, mandando una volta per tutte a quel paese i ricordi e le promesse, l'amore per i figli e il fantasma di un marito che ancora la legava a tutto quello che le stava pesando in mezzo al cuore, come un macigno. A volte si sentiva smarrita, sul filo di un crinale, appesa a una ragione che la obbligava a rassettare, a star dietro all'Aida e a sorridere alla Mara, a dar da mangiare a quei maledetti conigli e a continuare a sperare che Beniamino finalmente si laureasse. E così, come una piuma in attesa di un alito di vento che la portasse chissà dove, l'Elemira invidiava i matti, desiderava la loro follia, una grotta scura dove ritirarsi a riposare, a lasciar andare la mente in giro senza meta, e la bocca a ripetere soltanto un'unica parola, lontana da qualsiasi cosa le avesse inchiodato la vita in quella casa.

Ma bastava una voce dalla strada, la Mara che la chiamava o il ricordo di una pentola lasciata sul fuoco, e tornava alla realtà. Accanto alle gabbie, a pochi metri dal cortile dove Beniamino sorvegliava la disperazione dei pazzi, vedeva lo sconcio dei loro visi storti, i movimenti sconnessi e gli sguardi fissi, sentiva le urla che squassavano l'aria. Allora, come destandosi repentinamente, si faceva un rapido segno della croce e chiedeva perdono a Dio e alla Madonna per l'impudenza di quei pensieri marci. A bassa voce li ringraziava e finiva di pulire le gabbie borbottando giaculatorie di pentimento e rimorso, ripetute come le filastrocche ossessive dei matti, per poi domandare la misericordia di un figlio finalmente laureato, e di una figlia in salute, che trovasse un bravo ragazzo onesto e lavoratore come l'Ignazio, e che la morte si prendesse presto e senza infierire il corpo dell'Aida, che tanto l'anima s'era già persa da tempo chissà dove.

Così l'Elemira ricominciava un'altra volta a tagliare l'erba per i conigli, a cercar di capire i discorsi sfilacciati della vecchia madre, a proteggere la Mara che doveva crescere orfana e ancora a sperare che la casa dei matti le restituisse il figlio, o almeno quanto di quel figlio bastava per terminare gli studi ripagandola del dolore che la vita le aveva riservato dopo che l'Ignazio se n'era andato con il suo amore.

Beniamino, intanto, nell'amore si imbatté letteralmente il giorno in cui andò a sbattere contro la Marcella Bini, l'inserviente della cucina che stava arrivando col carrello del pane. Lui stava cercando di correre col suo passo zoppo verso il dormitorio, dove l'aveva chiamato la suora caposala per un'urgenza, e preso da quella corsa malferma non fece in tempo a fermarsi senza urtare la Marcella che arrivava dalla parte opposta, all'incrocio del corridoio con le cucine. L'impatto fu violento e comico allo stesso tempo: il ragazzo finì a gambe all'aria assieme a decine di pagnotte che si sparsero in un'esplosione. La Marcella vide il collega a terra e si preoccupò, pensando che l'urto potesse aver fatto ulteriori danni alla gamba zoppa.

«Mio Dio, che guaio» sbottò, precipitandosi a porgergli una mano, «vi siete fatto male?»

Beniamino rimase molto infastidito da quella premura. Lo disturbò persino il tono di voce acuto con cui la ragazza si sporse ad aiutarlo. La sua menomazione gli provocava un senso di inferiorità e soprattutto di fronte a una donna non avrebbe mai ammesso né un torto né un danno che lo sminuissero ai suoi occhi. Così, reagì nel peggiore dei modi, e da sgarbato:

«Starei meglio se voi steste attenta a dove andate» disse imitando l'acuto della voce femminile mentre scostava la mano che lei gli aveva porto.

La Marcella rimase basita, colpita da una reazione così screanzata da parte di una persona che le era sempre parsa educata e cortese.

Oltretutto, rialzatosi in fretta, Beniamino scappò via zoppicando tra i pani sparsi per terra, senza degnare di un cenno la povera ragazza, mortificata, con una selva di spiacevoli pensieri per la testa e un mucchio di pagnottelle da raccogliere e pulire.

Soltanto più tardi, quando un buon lasso di tempo fu trascorso, Beniamino si rese conto d'aver reagito come un villano, e la stretta bruciante della vergogna gli morsicò lo stomaco. Conosceva di vista la Marcella e un paio di volte avevano scambiato anche qualche parola per motivi di lavoro. In più, lei era stata assunta da poco e dunque sarebbe stato doveroso, in ogni caso, darle una mano.

Ma soprattutto la Marcella gli piaceva. Era minuta, ma esprimeva un'energia e una forza positiva, con lo sguardo aperto, quasi sempre sorridente e i modi gentili. La sensazione di aver commesso qualcosa di odioso non lo abbandonò per tutto il resto del turno di lavoro, cosicché decise che quel tormento andava affrontato di petto, non solo per alleviare il fastidio che gli procurava, ma per rimediare allo sgarbo commesso.

Sapeva che la Marcella era figlia di un mugnaio e veniva al lavoro in bicicletta dal mulino dove abitava con la famiglia, ben oltre la ferrovia. Così si sbrigò, affrettandosi sulla strada di casa sua per poterle parlare. La trovò che già si era avviata lungo la discesa della stazione e allora, chiamando il suo nome, affrettò il passo per raggiungerla.

La strada che scendeva, il porfido liscio, la sua zoppia o forse soltanto la burla del destino fecero sì che quella rincorsa si concludesse in un nuovo ruzzolone, accanto alla bicicletta della Marcella. La ragazza vide Beniamino a terra e trattenne dentro di sé la preoccupazione che prima aveva provocato in lui quella risposta. Il risentimento comunque prevalse immediatamente sopra ogni apprensione, tramutandosi in una battuta ficcante:

«Vedo che non siete solo un maleducato, ma anche un maleducato incapace di reggersi in piedi.»

Beniamino, seduto sulla strada, alzò le braccia come per arrendersi:

«Volevo appunto scusarmi per prima: sono stato davvero un cafone. Spero che mi vogliate perdonare.»

Per tutta risposta ottenne labbra strette e un viso corrucciato, in silenzio. Lo sguardo della ragazza era duro, ma partiva da due occhi azzurri ficcati dentro quelli di Beniamino: neanche fossero due lame gli entrarono dentro e fecero a pezzetti il suo stomaco, e il peso del rimorso che s'era portato tutto dietro in quelle ore si sparse dentro di lui come un liquido che gli toglieva fiato e parola. Rimase muto, Beniamino, il respiro mozzato dall'emozione per aver sentito qualcosa con un'intensità mai provata. Seduto sul selciato, stava affogando, eppure sarebbe rimasto volentieri ancora molto tempo dentro quel mare, in balia delle onde.

Fu la Marcella a tirarlo fuori di lì. Dalla bicicletta su cui era seduta guardò quel ragazzo ai suoi piedi con la rabbia che ancora le irrigidiva lo sguardo, per la scortesia con cui le si era rivolto, per l'umiliazione che le aveva imposto nel corridoio, per averla lasciata da sola a rimettere in ordine il caos e a prendersi i rimbrotti della superiora. Il primo istinto fu quello di piantarlo lì, un burattino seduto a trastullarsi con il silenzio in cui lo avrebbe lasciato, altro che scuse!

Ma poi lo vide seduto là in basso, le braccia allargate e il viso paonazzo. Per un momento le parve che facesse fatica a respirare e che la sua bocca semiaperta fosse scossa da un tremolio a cercare aria. E come se fosse nel cielo, come uno degli uccelli che facevano felice Fosco, vide se stessa e Beniamino in mezzo alla strada, e la casa dei matti con il cortile dove le vite delle anime perse marcivano lentamente, nel mezzo di quella piccola città attorno alla quale ruotava il mondo intero, e si sentì un punto insignificante e immobile, irrigidita da un risentimento che non voleva provare più dentro di sé.

«Almeno stavolta non ci sono decine di panini da raccogliere» disse porgendo la mano a Beniamino, e lui si lasciò aiutare mentre cercava di inghiottire l'emozione che gli impediva di parlare:

«Se me lo permettete vorrei accompagnarvi per un tratto» buttò fuori lui con fatica.

«Con piacere, se mi promettete di non ruzzolare nuovamente» rispose la Marcella sorridendo, avviandosi così verso il mulino, lei, Beniamino e l'amore che già li teneva per il braccio.

Il mattino dopo, infatti, Beniamino si alzò prima del solito e scese fino alla stazione ad aspettare la bicicletta della Marcella, e così fece per tutti gli altri giorni, finché la guerra non li costrinse a cambiare le abitudini.

E tra le abitudini del loro amore, tra i baci e le carezze, ci fu la passione con cui condividevano il peso della sofferenza del loro luogo di lavoro. Lo sconcio della follia turbava la Marcella, e anche se la maggior parte della sua occupazione era spesa nei locali delle cucine, la consapevolezza del dolore intorno a lei la impressionava. Forse fu anche per questa sensibilità che si innamorò di Beniamino, perché sentì e vide in lui lo stesso sgomento che lo spingeva a trattare con delicatezza e rispetto i fantasmi in camicione, senza difendersi, come faceva la maggior parte dei loro colleghi, con l'indifferenza se non con la rudezza.

E nei loro discorsi, con la tenerezza dei nomignoli che usano gli amanti, la Marcella lo chiamò sempre "dottore", a regalargli quel titolo che le pareva lui possedesse comunque, per il modo in cui svolgeva il suo lavoro, pieno di dedizione e del desiderio di entrare in quel buio che la preoccupava e alleviare così anche il proprio turbamento.

In verità, il primo a chiamare Beniamino "dottore" fu il Moraschi, l'uomo di fatica della casa dei matti. Era un pomeriggio in cui il freddo di dicembre mordeva come un animale selvatico. Moraschi era andato avanti ore a scaricare legna e carbone per le caldaie facendo su e giù per le scale delle cantine, e dopo esser risalito un'ultima volta, zuppo di fatica, nel corridoio aveva incrociato Beniamino che, sottobraccio al professor Cavani, se ne andava ascoltando il vecchio che declamava Omero.

Il peso del lavoro gli gravava addosso più dei suoi anni cosicché, borbottando tra sé, bestemmiava i santi, il fiato mozzato dalla salita, e nel vedersi di fronte il volto tranquillo di un giovane che se ne andava a spasso per i corridoi, il suo animo solitamente allegro si incrinò. Un filo di invidia gli salì dallo stomaco alla bocca, proprio come il rigurgito di un cibo mal digerito. Amico dell'Ignazio, il Moraschi conosceva bene le vicende che avevano portato Beniamino a quel lavoro e altrettanto bene sapeva dell'ansia che gli procurava la laurea non raggiunta, quel titolo al quale tutta la sua famiglia teneva come a un vanto. Aveva provato sincera pena a veder quel giovane prima rovinato nella camminata e poi messo alla prova dalla morte repentina del padre. Eppure, prima che la ragione potesse intervenire a frenare qualsiasi istinto, la sua bocca aveva già pronunciato quella parola, sicuro di toccare un nervo scoperto, di ferirlo e vendicare così, o almeno ripagare, l'immonda fatica cui il facchinaggio lo costringeva.

«Buonasera, dottore» gli disse con un leggero inchino, gli occhi già abbassati a nascondere la vergogna che istantaneamente aveva provato per quella vigliaccheria.

Beniamino si bloccò: non s'era accorto del Moraschi che arrivava e quel saluto un po' irridente lo colpì. Perché proveniva da una voce familiare, da un volto che aveva visto spesso sorridere assieme a suo padre, discorrere amabilmente, far battute e commenti salaci sulla vita e sulle cose del mondo.

Fu un breve attimo, ma bastò perché Beniamino decidesse di considerare il saluto come una delle tante ironie di quell'uomo, e ricambiarlo, sorridere e quasi ringraziare con un elegante gesto della mano, come a esprimere riconoscenza per un rispetto esagerato, palesemente falso.

Quella sorta di benedizione alleviò l'imbarazzo del Moraschi, gli regalò il sollievo per lo sgarbo che sapeva di aver commesso, e insieme la leggerezza con la quale, da quel giorno, come una burla condivisa salutò sempre il giovane con il titolo di "dottore", cosicché, come spesso accade nelle piccole comunità, quel gioco privato, nato da un'innocente cattiveria, diventò il sigillo del soprannome con cui i colleghi, le sorelle e persino i pazienti cominciarono a chiamare Beniamino.

E poiché le parole scorrono e come l'acqua è difficile trattenerne il corso, quel soprannome scivolò ben presto sotto il portone della casa dei matti, oltre i suoi muri, e se ne andò in giro per le vie e le piazze, rimanendo negli anni unito a quello di Beniamino, restituendogli così, grazie a una piccola malignità, quanto la cattiveria del destino gli aveva tolto con la pedata del Castellucci.

Ma più di Beniamino, ad esser ripagata fu l'Aida, la quale accolse con sincera felicità quel titolo, mondandolo di ogni riferimento malizioso o satirico. E quando la nebbia degli anni rese per lei ogni cosa ancora più sfumata e indistinta, la parola "dottore" rimase come un preciso punto dell'orizzonte, splendente, smagliante, un faro che illuminò il suo sorriso fino al giorno in cui la morte venne e se la portò via, felice per aver contribuito, con la sua vita di fatica, al conseguimento di un titolo così prestigioso da parte del nipote.

Da tempo le sorti della guerra avevano cambiato decisamente direzione. Dopo i primi mesi di baldanza, dopo le prime vittorie, peraltro sostenute più dalla forza dell'alleato tedesco che dalle capacità di un esercito di cartone, l'avanzata aveva subìto prima un arresto e poi gli esiti di un contrattacco che si manifestava non più soltanto attraverso le battaglie combattute al fronte, ma con la visibile riduzione della disponibilità degli alimenti, delle merci e, soprattutto, con l'inizio dell'arrivo dal cielo della morte.

Annunciate spesso quando già stavano cadendo sulle teste dei cittadini, le bombe sganciate dai bombardieri facevano strame di case e di fabbriche, di piazze, di chiese, di strade e di quei malcapitati che non erano riusciti a trovar riparo dalla pioggia di esplosivo.

Neanche la casa dei matti venne risparmiata: una mattina serena, mentre già erano in cortile a portare a spasso i loro pensieri, un ronzio lontano attraversò all'improvviso l'aria. Nel cielo sopra il manicomio comparve uno stormo di uccelli d'acciaio e molti pazienti cominciarono il rito abituale dei richiami e dei saluti. Fosco iniziò la sua danza scatenata proprio mentre le fortezze volanti stavano sganciando le bombe dirette verso la stazione e la fabbrica di motori che le stava accanto.

Beniamino si rese conto immediatamente di quanto stava succedendo e per la prima volta si precipitò a unirsi ai suoi colleghi, nel tentativo di portare al riparo il gregge dei matti.

Sganciate con precisione, le bombe colpirono i loro obiettivi, ma un paio di quegli ordigni prese una via diversa: uno abbatté l'antica loggia della piazza, l'altro cadde proprio di fronte al manicomio. Un boato tremendo squassò l'aria. I vetri degli stanzoni si frantumarono e molti tra pazienti e personale vennero investiti da quella sventagliata di vetro e di aria arroventata. Fortunatamente nessuno morì, ma i feriti furono parecchi. Lo spavento sconvolse le abitudini dei matti. Fu come se, assieme alla forza dell'esplosione, fosse passata attraverso i muri del manicomio un'energia misteriosa, che aumentò l'oppressione di quelle povere anime e l'eccitazione che squassava l'esistenza di tanti di loro. Una buona parte si smarrì nella propria incapacità di difendersi dalla violenza che arrivava dal cielo. Da quel naufragio si salvarono soltanto quelli che da tempo s'erano estraniati da ogni contatto col mondo, guardando senza vedere, ascoltando senza sentire, involucri vuoti di una vita che non sapevano più di possedere.

Da quel giorno, la casa dei matti era parsa un corpo ferito, i muri crepati come rughe profonde sulla pelle, le finestre distrutte simili a denti mancanti o cariati, e le sue interiora, quelle budella fatte dalle anime perse dei pazzi, ancora più contorte e avvoltolate.

Di fronte a una tale situazione, sempre più difficile da controllare, il consesso dei medici aveva deciso di provvedere al più presto a sfollare i pazienti allontanandoli verso la campagna, in luoghi che offrissero una maggiore tranquillità. Lo sguardo preoccupato, il tono severo, il professor Tiziani aveva comunicato al personale questa decisione, come un generale che trasmette alle sue truppe la mesta risoluzione di una ritirata. Certo, l'allontanarsi dagli obiettivi dei bombardamenti era un motivo di sollievo, ma nonostante questa considerazione, l'abbandono della vecchia costruzione di mattoni piantata in mezzo alla piccola città parve a tutti una specie di vigliaccheria, come se avessero lasciato al suo destino un parente invalido, dopo aver condiviso a lungo sorte e intimità.

Pertanto, quando il dottor Rattazzi lo chiamò nel suo studio, Beniamino si stupì nel vederlo raggiante ed eccitato, in un momento in cui i preparativi per lo sgombero del manicomio stendevano su tutti un velo di tristezza.

«Caro amico, questo è il classico caso in cui possiamo affermare che non tutto il male viene per nuocere: lo sfollamento ci darà grandi opportunità» gli disse il dottore come se stesse condividendo con lui una profonda e piacevole verità.

Le sue parole, invece, confusero ancora di più Beniamino. Quali opportunità potevano essere offerte a quel caravanserraglio di disgraziati che si stava muovendo verso la campagna? Proprio non riusciva a comprenderlo. Certo, in quel modo avrebbero ovviato al pericolo dei bombardamenti, allo sconquasso che ogni esplosione provocava nella tranquillità della loro vita, ma non vedeva altri vantaggi. Lo preoccupava piuttosto l'idea di dover sbaraccare la casa dei matti, di doverla spogliare delle sue cose sradicando allo stesso tempo i suoi poveri ospiti per portarli in luoghi che non conoscevano, costringendo quei relitti alla deriva a costruirsi una nuova familiarità.

Inoltre, era seriamente in ansia per la Mara e l'Elemira: avrebbe dovuto cercare una nuova sistemazione, sfollarle presso qualche amico o qualche parente; per non parlare della probabile lontananza dalla Marcella.

Roso da questi pensieri, Beniamino decise di confidarli alla persona che gli stava di fronte, un po' per rassicurarsi e un po' per controbattere l'entusiasmo di Rattazzi, che francamente lo infastidiva.

«Capisco» gli disse questi dopo averlo ascoltato con attenzione, «non credere che non abbia considerato quanto mi stai dicendo, e non pensare che questa mia eccitazione sia dovuta a leggerezza. Il lavoro da fare è molto e molti sono i problemi che ognuno di noi dovrà risolvere.»

Poi si alzò, andò verso la finestra e guardò per un lungo momento verso il cortile dove i matti consumavano il tempo. Quindi si voltò verso il giovane:

«Beniamino» gli disse con una confidenza nuova, quasi da padre, «io capisco anche che tu provi un profondo legame verso questo posto, che è tuo da quando sei nato. Tra tua madre e queste stanze c'è soltanto una rete e un muro di rose, e proprio qui, in questo luogo di dolore, hai trovato l'amore che ti sta accanto, che gira per i corridoi, che lavora nelle cucine.

Però tu sei un animo sensibile, curioso e attento. E hai un dono: tu sai ascoltare, Beniamino mio. Ascolti gli sproloqui di Cavani e conosci gli abissi di Fosco. E provi la loro stessa paura, respiri la fatica che loro masticano nel non poter trovare le parole, nell'esser preda dei marosi, squassati da forze che nessuno sa controllare. La pena di essere abbandonati qui dentro, alla mercé del tempo, delle regole, delle suore e dei custodi. E della scienza.»

Il tono di Rattazzi era andato aumentando, tanto che la sua voce era diventata quasi un grido, una concitazione dalla quale si allontanò, chinandosi verso Beniamino e rivolgendosi a lui in una confidenza:

«Sai» gli disse sorridendo tra sé, «ho sempre pensato che un medico debba aiutare il malato a liberarsi dalla sofferenza, così, sin da quando ho cominciato a studiare, dentro di me ho creduto di essere una specie di salvatore.

E invece cosa ho saputo offrire a chi mi chiedeva aiuto? Guarda» disse scostando la tenda dalla finestra, «un cortile circondato da mura dove girare in tondo, qualche panchina dove sedersi accanto alla propria disperazione, una decina di rudi custodi buoni a stringere le cinghie quando il fuoco brucia troppo, pie sorelle caritatevoli, e uno stuolo di colleghi attenti al lindore del proprio camice e a rendere lustra la propria carriera con una serie di diaboliche pensate.»

Rosso in volto, Rattazzi si avvicinò a Beniamino e tenendolo per le spalle aumentò ancora di più il calore delle proprie parole:

«La cura elettroconvulsionante del professor Cerletti prima o poi arriverà anche da noi, a far passare un tocco di elettricità nella testa di Fosco o del Bardi, nell'illusione di strappare la schizofrenia dal loro cervello.

E così il coma insulinico, che ormai sta andando per la maggiore, capace di far precipitare nell'anticamera della morte i disgraziati che timbriamo con il marchio di folli.»

Beniamino era scosso da quell'ondata di parole. Rattazzi, sempre più incalzante, proseguiva nel suo sfogo:

«Certo, il fine è la guarigione dalla malattia, e dunque ha un'etica. Però di fronte alle urla della sofferenza si propone il silenzio, il sonno di chi storce troppo la bocca o angoscia la pace delle nostre famiglie. Questo non è un ospedale» continuò. «Questa è una prigione, e quanto stiamo facendo qui non è una cura, Beniamino mio, ma una pacificazione, una mano di intonaco stesa sopra ogni anormalità a nascondere le crepe dell'umanità, a togliere di mezzo ciò che inquieta. Un velo pesante per eliminare o nascondere tutto, come quello che ha steso il nostro valoroso Duce sulle coscienze del nostro Paese» disse quasi a conclusione del suo ragionamento.

Le mani sulle sue spalle, Rattazzi lo strinse ancora più forte e continuò:

«Sono stanco, amico mio. Stanco della mia mediocrità, di non aver saputo trovare un'altra strada, di non aver saputo far altro che guardare, annotare, cercare senza trovare niente, qui dentro, che fosse utile ai disperati che vorrei aiutare. Io sono un liberatore di nessuno. E anzi» concluse con amarezza, «anche io alla fine sono come chi avrei voluto salvare, chiuso all'interno di queste mura, nei cameroni, tra il puzzo di piscio e le regole delle pie sorelle. Dentro, il potere dell'illustre Tiziani e fuori, la guerra voluta da Mussolini.»

Beniamino sentì sulle spalle il tremito delle mani di Rattazzi, sentì la sua voce rotta dall'emozione e la profonda sincerità con la quale quell'uomo gli si stava rivolgendo. Forse non comprese con la ragione il senso del fallimento che gli stava confessando, ma una ridda di immagini gli passarono davanti agli occhi e lui si lasciò trasportare come sopra un'onda, perso nello sguardo dell'Ignazio fissato dalla morte e in quello pieno di luce della Marcella, nella voce stentata del professor Cavani e nell'ampiezza dei suoi cieli. Vide i muri del cortile, sentì l'odore di sudore e di cuoio delle cinghie di contenzione e lesse la vita dell'Ubaldo Mei scritta sul muro del corridoio. Si fece pungere il naso dal profumo delle rose, mentre guardava Fosco che rincorreva uno stormo di uccelli, le braccia spalancate, il suo albatros che si alzava in volo, e dall'alto del cielo grazie ai suoi occhi riuscì a vedere il manicomio e le sue alte mura circondate dalla città nella quale la gente si muoveva, ognuno per la propria strada, ognuno con la propria occupazione, credendosi padrone della propria vita, senza vedere quello che adesso lui, con gli occhi di un uccello, poteva finalmente vedere: la lunga cinta di mattoni che circondava anche la città, che la recintava così come chiudeva il manicomio e la teneva stretta, stretta e chiusa.

Come se gli avesse letto nel pensiero Rattazzi continuò:

«Ma forse proprio la guerra di Mussolini può essere di qualche utilità, per abbattere finalmente questa muraglia e dare ai nostri matti un'opportunità. Dobbiamo sfollare il manicomio e allora, amico mio, la fortuna ci è venuta in soccorso per darci qualcosa che sia più umano di questo vecchio carcere.»

Poi si staccò da Beniamino, andò alla scrivania, prese un fascicolo di fogli e li tese verso di lui:

«Abbiamo trovato un cascinale al Pianoro, dopo il lago della chiusa. Ci sono stanze a sufficienza per una decina di persone, c'è una caldaia e persino l'elettricità. Ho già avuto il benestare di Tiziani per sfol larvi sette pazienti, più due custodi e il sottoscritto, s'intende. Il Marzi col suo camion farà la spola con la città per i rifornimenti. Ho proposto di portare te, il Bruni e la Marcella per la cucina, ma credo che si possa far qualcosa anche per l'Elemira e la Mara. Credimi, Beniamino» gli disse infine avvicinandosi ancora a lui, «uscire dal manicomio non potrà che far bene a tutti, a noi come ai nostri cari pazzerelli. Nella quiete del Pianoro potremo provare a ricominciare daccapo lontani dalle mura di mattoni e dall'odore della follia che ormai li impregna, potremo stare davvero accanto a loro, cercare di parlare con loro e finalmente conoscerli come non li abbiamo mai conosciuti, magari provando ad essere pazzi anche noi» concluse Rattazzi con entusiasmo.

Beniamino rimase stupito. Non comprese appieno quelle parole. Vide solamente l'entusiasmo del suo capitano e a quello si adeguò con scetticismo, un poco spaventato dalla confusione che quel discorso gli aveva procurato.

Più tardi, riaccompagnando la Marcella verso casa,

confidò alla ragazza le proprie perplessità dopo quel colloquio e con lei si sforzò di considerare quanto di vero potesse esserci nelle idee di Rattazzi, in una prospettiva che allo stesso tempo, confessò Beniamino, lo attirava e lo spaventava. E l'amorevole silenzio della Marcella in quel frangente fu lo specchio nel quale egli si rifletté, confrontandosi con il sentimento che fin da bambino l'aveva spinto a spiare la follia e il senso di incapacità per il quale, in fondo, non aveva mai creduto nella laurea.

Ma fu soprattutto l'abbraccio con cui la Marcella lo salutò quel giorno, un abbraccio stretto con una forza che Beniamino non aveva mai sentito sino ad allora, che agì come una spinta e lo smosse verso una decisione. Perché nel tempo in cui le braccia dell'amore lo stringevano, sentì non solo il contatto concreto di un altro corpo, ma quel senso che soltanto l'amore trasmette, qualcosa che allo stesso tempo allontana e chiama la morte, che chiede e lascia andare, unisce e divide, ma sempre e comunque obbliga. E per lui l'obbligo, quel giorno, non fu rispondere con le parole alla voce dolce della Marcella, che come loro uso lo salutò come "il mio dottore", ma la certezza che dottore avrebbe davvero potuto esserlo, e per amore.

L'amore che, questo sentì Beniamino mentre risaliva verso casa, era compassione vera, era finalmente saltare la rete e masticare le rose, coglierne il profumo, liberarne l'essenza. E ad ogni passo, il manicomio che gli si parava di fronte gli sembrava davvero quella prigione che aveva descritto Rattazzi. Ci era entrato con la speranza di trovarvi il segreto dell'estasi che sin da bambino aveva invidiato ai matti, ma, ora lo capiva, poteva cercarlo solo saltando le mura di cinta dall'altra parte, abbattendole e fuggendo lontano da loro. Si sarebbe portato dietro l'incubo dei sonni, le parole soffocate, il puzzo e la merda, gli occhi sbarrati, i versi ossessivi e le facce storte, il succo di quanto era sofferenza assurda e insopportabile, per liberare finalmente tutto questo per le strade e nei campi, per i cieli, per le piazze, là dove avrebbe potuto avere attenzione e amore. E cura.

Così, quando arrivò in cima alla strada, invece di girare attorno alla casa dei matti e andare spedito dall'Elemira e dalla Mara a informarle dei cambiamenti ormai prossimi, imboccò il portone austero, e quasi di corsa, nel modo più rapido che la zoppia gli permise, salì lo scalone fino allo studio del dottor Rattazzi, quasi come una furia spalancò senza bussare l'uscio e di fronte allo sguardo stupito del medico gettò fuori un lungo respiro di liberazione e due sole e decise parole:

«Sono pronto.»

La casa del Pianoro apparve dietro l'ultima curva, dopo che la strada bordata di cipressi per un lungo tratto aveva accarezzato il fianco della collina. Dal cassone del camion a Beniamino sembrò tremendamente piccola e indifesa. Aveva nella mente, impressa dall'abitudine, l'immagine delle mura di cinta del manicomio, delle alte finestre protette dalle inferriate e del portone austero e chiuso da pesanti battenti. Così, quella casetta di campagna gli parve qualcosa di insulso, un guscio di conchiglia, un velo troppo leggero per riparare e contenere la bestia della follia.

Ma nel breve spazio che l'autocarro impiegò a coprire l'ultimo tratto prima dell'aia, quel turbamento si sciolse: messa al centro di un largo avvallamento tra le colline, bordata dal prato e illuminata dal sole, la casa quasi gli sorrise con le sue piccole finestre, l'aspetto di un volto conosciuto e la tranquillità di un quadro familiare, come ad offrirsi e offrire un abbraccio al proprio ospite.

Era un angolo di pace, uno spiazzo adagiato nel verde che pareva regalasse a chi vi giungeva un respiro largo. Di fronte alla casetta, Beniamino allora sentì il timore sciogliersi e lasciare il posto a una placida felicità, come se avesse compreso, in quel momento, di poter realmente abbattere la cinta della casa dei matti così come si immaginava il dottor Rattazzi, e poterne rinnovare la tinta, spalancare i finestroni e finalmente offrire alla disperazione della malattia qualcosa che non fosse la chiusura di un labirinto, ma la morbidezza delle colline, la perfezione dei cipressi, il colore grasso della terra intorno, lo stesso dei mattoni di cui era fatto quel nuovo rifugio.

Così, quando il camion si fermò, con buona lena saltò giù andando incontro a Rattazzi che lo aspettava sulla soglia, e assieme al Marzi si dettero subito da fare per scaricare la roba che avevano portato. Presto li raggiunsero la Marcella, l'Elemira e la Mara con il Bruni, completando la piccola squadra che avrebbe dovuto attrezzare la casa.

Lavorarono sodo tutto il giorno, tutti quanti invogliati dalla bellezza del luogo e dall'entusiasmo di Rattazzi, che con la sua attività li spronava a concludere l'opera: raggiante nel volto, il dottore si faceva in quattro ad aiutare nello scarico delle masserizie, a decidere la loro collocazione, a discutere con i suoi aiutanti la disposizione delle stanze e dei pazienti, e ognuno, contagiato da lui, lavorava con piacere a dar vita a quel posto che del manicomio non aveva nessuna apparenza.

Beniamino e la Marcella, in particolare, si sentivano ancora più uniti in quell'avventura, e tacitamente la consideravano una sorta di loro privata vicenda, quasi che quell'attività non servisse a predisporre un luogo di degenza per matti, ma l'arredamento della loro casa coniugale, il loro personale rifugio.

In effetti quella cascina sullo slargo del Pianoro era fatta di poche stanze nelle quali avrebbe potuto abitare una piccola famiglia: al piano superiore quattro locali dove vennero messi i letti per i sette pazienti divisi in maschi e femmine e per il personale di custodia. Il dottor Rattazzi si sistemò in una stanzetta al pianterreno che gli sarebbe servita per lo studio e per il riposo, mentre la grande cucina, nella quale trionfava un caminetto, fu adoperata come sala da pranzo e di soggiorno comune. Il Pianoro era tutto qua, completato da un magazzino esterno, che un tempo era stato adoperato come stalla e rimessa per gli attrezzi, e una larga tettoia, appoggiata al pendio della collina che risaliva da dove arrivava la strada.

Il lavoro fu terminato in capo alla giornata, e nel giro di un paio di giorni si provvide al trasferimento dei matti, che arrivarono sullo stesso camion con cui era stato fatto il trasloco, seduti sul cassone come un manipolo di reclute trasportate verso il fronte. E delle reclute, in effetti, avevano lo sguardo perso e spaventato, preoccupato per quell'insolito avvenimento che aveva stravolto l'abitudine delle loro vite.

La Renatina, per esempio, lei che, l'aspetto dimesso e lo sguardo basso, pareva sempre un fuscello in balia di ogni brezza, aveva accolto con grande sospetto l'invito a montare sul cassone e s'era piantata di fronte al portone del manicomio, rigida e ferma come una statua di marmo, cosicché, seppur con cautela, il Marzi se l'era dovuta caricare in spalla come un sacco e portarla di peso sul tavolato del camion.

E proprio come un sacco adesso lei se ne stava immobile, lo sguardo ancora più cupo e basso del solito, a cercare di isolare con quell'immobilità l'ondata di novità che le si era rovesciata addosso.

Al contrario Fosco aveva accolto l'inizio del trasferimento con un entusiasmo esagerato, un'esplosione di eccitazione che Rattazzi e gli altri avevano fatto davvero fatica a contenere. Come quando si scatenava nel cortile seguendo i voli degli uccelli, l'albatros sembrava lontano da ogni suo nero abisso, e mentre il personale cercava con cautela e pazienza di completare le operazioni di carico, lui aveva fatto la spola tra l'androne del manicomio e la strada, salutando una suora e abbracciando un custode, girando intorno al camion a guardare le ruote, ad aprire e chiudere le portiere, in un'attività che aveva messo a dura prova tutti quanti, finché il Marzi, con un'intuizione felice, l'aveva invitato a sedersi al suo fianco, spiegandogli il funzionamento degli strumenti nella cabina, il volante, il cambio, e permettendo così a quell'insolita carovana di partire.

Con il cassone carico di matti, finalmente si erano mossi dal manicomio che già era mattina tarda e la poca gente che ancora era rimasta in città si era fermata sul ciglio della strada a guardare con curiosità la follia scendere verso la chiusa, a spiare da dietro le finestre gli sguardi stralunati della Mita e del Bardi, il dondolio con cui si proteggeva dalla paura il povero Malfatti, gli occhi bassi della Renatina, la bocca sempre in movimento del professor Cavani.

E dal riparo della loro normalità, sollevati e inquietati assieme da quel passaggio, non si erano accorti di Omero che pure era su quel cassone, trasportato dai versi del professore a riparare i destini degli uomini e degli dèi. E non avevano potuto avere accesso a Dio, così come poteva fare Giovanni che dal Signore aveva avuto incarichi e colloqui. Non avevano condiviso nemmeno la felicità di Fosco, che in quei momenti aveva sciolto ogni sua tenebra, completamente immerso nei segreti che il Marzi gli stava confidando su come si pilotava il portento sul quale stava seduto a cassetta, rosso come il fuoco, rombante e veloce.

Loro se ne erano rimasti ai bordi delle vie e delle case, potendo soltanto spiare i matti che scendevano verso il Pianoro, mentre restavano con la loro ragione ad aspettar le bombe dal cielo e ad attendere il passaggio del fronte ormai vicino, che si portasse via come in una piena i progetti di gloria di una guerra masticata ormai da anni, trapuntata di morti, nera e appiccicosa come la pece, una malattia che ormai s'era mangiata il corpo e l'anima di tutti, altro che la follia.

E allora, forse, dal ciglio delle strade, tra i tanti pensieri confusi che affollavano le loro teste, qualcuno aveva lasciato un rimpianto o un augurio, o una speranza, certamente quella leggerezza che Beniamino aveva sentito all'improvviso salire sul camion come un passante che avesse preso al volo un treno in partenza.

L'aveva sentita chiara, mischiata alla polvere che le ruote alzavano mentre l'autocarro già attraversava i binari della ferrovia. Si era infilata accanto al Malfatti per aiutarlo a rallentare il suo cullarsi ossessivo; aveva accarezzato le guance della Mita a fermarle il singhiozzare che l'aveva presa al momento della partenza, per poi sedersi sulle ginocchia di Fosco, alla fine tranquillo e concentrato sui movimenti del Marzi, ormai suo mago.

E quando il camion aveva superato la chiusa lambendo lo specchio del piccolo lago, Beniamino l'aveva vista chiaramente nello sguardo della Renatina insolitamente rialzato, rapito dal baluginare del sole sull'acqua, dal luccichio che già risvegliava la curiosità di gazza del Bardi.

Giovanni l'aveva abbracciata come avrebbe abbracciato il Dio con cui era solito discorrere, lo stesso che gli aveva ordinato le azioni della vita prima che i suoi parenti vedessero in quegli ordini la mano della follia e lo facessero rinchiudere; e il professor Cavani l'aveva salutata con gioia e amore, con le parole con cui Penelope accolse Ulisse a Itaca.

Forti di quella nuova leggerezza, i matti arrivarono al Pianoro come alla meta di una gita e scesero dal camion storditi dalla novità, dal verde insolito che li circondava, dall'aria che se ne andava libera senza nessun muro a costringerla in un cortile.

Scesero lentamente dal cassone, affascinati e timorosi insieme per la bellezza del luogo, che si rovesciò loro addosso come un regalo troppo grande, un panorama troppo ampio da contenere nella gabbia di occhi abituati a un orizzonte stretto e compresso. Scesero dal cassone e come i gatti, sospettosi e curiosi, se ne andarono in giro a toccare e ad annusare, a cercare un anfratto dove accucciarsi, un pezzo di prato sul quale stendersi a lasciarsi scaldare dal sole, a tastare i sassetti di ghiaia e i fili d'erba, così sterminati e numerosi che neanche la pazienza del professor Cavani riusciva a contarli.

E dopo aver preso confidenza con la larghezza e

la luce, con la libertà della brezza e l'odore nuovo dei prati, scivolarono verso la casetta dove il dottor Rattazzi li chiamava, dove Beniamino e la Marcella li accompagnarono nella grande cucina a bere un bicchiere d'acqua fresca, seduti attorno al grande tavolo a scambiarsi pareri e impressioni, sorrisi mischiati a tremori, desideri a domande.

Alla Mita quella cucina ricordò la casa da dov'era partita per il manicomio, la voce forte di suo padre che urlava, e un poco s'adombrò per la paura, trincerandosi dietro alle stesse parole che ripeté come una litania, per fuggire o darsi coraggio, non avrebbe saputo dire. Il Bardi, invece, fu affascinato dalle pentole luccicanti che l'Elemira stava ancora riordinando sullo scaffale accanto alla madia, mentre Fosco s'accucciò accanto a Beniamino, a guardare dal capo della tavola dov'era seduto quella stramba famiglia ancora appesantita da sguardi trattenuti, da parole mezze dette, da pianti e da sorrisi.

Più tardi la Marcella e la Mara cominciarono a servire il pranzo che l'Elemira aveva cucinato e il cibo contribuì a stemperare gli imbarazzi, a mischiare con maggiore allegria le storie e le parole, finché, terminato di desinare, Rattazzi non ordinò il rompete le righe e tutti si resero conto che sarebbe stato possibile trascinare i propri fantasmi anche senza l'aiuto delle regole imposte da medici e sorelle, senza il confine del cortile o il puzzo dei dormitori, e sarebbe stato possibile farsi accompagnare dal loro peso sull'aia sparsa di ghiaino o nel prato, a ingannarli seguendo una fila di formiche o ammucchiando i sassetti come parole accatastate nella testa, spingendosi fin sotto i cipressi a raccogliere ghiande o piccoli fiori gialli, molto più amari delle rose del cortile, ma minuti e delicati, e numerosi tanto da far quasi un tappeto a trapuntare il prato. Così, sparsi attorno all'aia del Pianoro, i pensieri dei matti sembrarono prendersi una breve vacanza dalla pesantezza con cui caricavano paure e ossessioni sulle loro vite.

Fu un pomeriggio di insolita tranquillità, di una serenità strana, certamente causata dalla novità e dalla stanchezza, dalla soddisfazione d'essere arrivati a compiere una parte difficile del lavoro e di poter, adesso, godere di qualche ora di respiro e di luce, lontani dal buio del manicomio e della guerra.

E per questo, certamente, a Beniamino parve che, come in un gregge mansueto, le ossessioni dei matti se ne stessero quiete, sparse per i prati, in una tregua che finalmente stendeva su quelle povere anime un velo di pace.

Da questa pace furono contagiati tutti quanti, consapevoli che si trattava di una concessione preziosa e instabile, qualcosa che la prima bava di vento avrebbe potuto capovolgere. Ma per il tempo che essa durò ognuna delle persone del Pianoro si lasciò trasportare dall'illusione che la serenità potesse esistere, e che essa non stesse nell'arroganza sfacciata della perfezione, ma nella bellezza delle piccole cose che in quelle ore, quasi per miracolo, s'erano raccolte lì attorno: il conforto di una casa, l'odore dei prati, il riposo dalla fatica, il cibo cucinato, il cielo sgombro e un tempo lento come una nenia.

Così Beniamino andò a cercare la Marcella e decise di onorare questa tregua prendendola per mano e camminando con lei attraverso i campi, oltre la collina, dove il bosco diventava più fitto e dove, al riparo della foresta che li protesse dagli sguardi del sole, l'amò, celebrando con il rito degli amanti la pienezza che forse per la prima volta sentì dentro di sé, un'armonia che allontanava del tutto lo sguardo fisso dell'Ignazio di fronte alla morte, il fantasma della laurea, la fatica dell'Aida, l'ombra del Castellucci e l'andare sconciato del suo passo.

Tra le braccia della Marcella, per gli istanti di felicità che l'amore può concedere agli esseri umani, a Beniamino parve che tutto fosse lì e in quel momento, punto d'arrivo e di partenza di qualcosa di meraviglioso e di tremendo; e allo stesso modo la Marcella sentì forte e irrefrenabile la voglia di lasciarsi andare, gustando il piacere di cascare nell'acqua di un fiume e di abbandonarsi alla corrente. E mentre si stringeva a Beniamino, pensò d'essere come uno dei fiori che aveva visto cogliere alla Renatina per poi masticarli con gusto, e così da lui si lasciò masticare, assaporare e odorare, riscrivendo, con il passo dell'amore, il gioco con cui i matti cercavano la felicità nei petali del roseto.

Più tardi, storditi da quel giocare, risalirono il sentiero fino alla sommità della collina e là, finalmente, compresero quanto debole e insicura fosse la tregua con cui avevano alimentato il loro amore. Dalla cima in cui si trovavano, oltre lo splendore del tramonto che illuminava i declivi e i campi, si potevano vedere con chiarezza come uno sfregio sopra una tela perfettamente dipinta le colonne di fumo sollevate dai colpi dei mortai, mentre l'aria cominciava ad essere percossa dal rumore sordo delle esplosioni e dal ronzio degli stormi di bombardieri.

Il Marzi arrivò col camion come una furia:

«Sono riuscito a passare per miracolo» disse, «ché appena dopo la chiusa partigiani e tedeschi si stanno sparando bordate ed è un inferno.»

Il silenzio di tutti fu l'unico commento: dalla chiusa partivano due strade e una portava soltanto al Pianoro. Dalla cucina la Mara uscì di fretta sull'aia asciugandosi le mani sul grembiule, vide la polvere alzata dal camion che ancora girava nell'aria e l'espressione preoccupata degli altri che avevano appena sentito le notizie. Capì. S'avvicinò a Beniamino e gli si aggrappò a un braccio.

Fu il dottor Rattazzi l'unico ad avere il coraggio di parlare:

«Avete capito se per caso si stessero muovendo verso di noi?» domandò.

Il Marzi storse la bocca, neanche avesse ingollato un bicchiere d'aceto. Poi si voltò verso la strada dalla quale era arrivato come per assicurarsi che ancora fosse deserta.

«Un gruppo di partigiani s'era sganciato dalla chiusa, dov'era la battaglia, e stava venendo proprio verso il Pianoro» rispose infine, e rimase in silenzio a fissare il dottore, come tutti aspettando da lui una risposta per scacciare la paura che s'era piantata tra loro, reale e palpabile.

Rattazzi si portò una mano al mento. Quasi in una carezza se lo lisciò lentamente com'era solito fare quando rifletteva.

«Va bene» disse infine, «non facciamoci prendere dal panico.»

Beniamino bevve quelle parole come una tisana calda, un conforto che leniva l'agitazione che già gli montava dentro.

Sul prato Fosco e Giovanni se ne stavano sdraiati, le mani e le gambe aperte come due uomini di Vitruvio disegnati sull'erba, lo sguardo perso dentro l'azzurro del cielo. Gli parvero due bambini indifesi, ignari del temporale che si stava addensando attorno a loro. Si voltò verso la collina, dove la strada piegava con una curva perfetta disegnata tra il verde, trapuntata di cipressi. Tutto era calmo. Una leggera brezza inclinava appena le punte degli alberi e portava dentro l'aia l'odore dei campi. Attraverso la finestra della cucina si scorgeva l'Elemira davanti ai fornelli e la Marcella intenta a ramazzare il pavimento. Come se l'avesse chiamata col pensiero, la ragazza si voltò e gli sorrise. Mita e Renzo Bardi erano tranquilli sulla panchina appoggiata al muro, gli occhi serrati a bagnarsi coi raggi del sole tiepido. La Renatina, in cerca di chissà cosa, scrostava col dito una crepa sul muro della casa. Il professor Cavani recitava verso il cielo i versi di Omero. Qualcuno, forse il Malfatti, stava fischiettando un motivetto.

Beniamino sentì il cuore che gli si stringeva. Un desiderio lo invase, così forte da fargli male. Avrebbe voluto ghiacciare tutto in quel momento, avere il potere di un dio, allungare una mano come un prestigiatore e immobilizzare il tempo in quell'istante, rendere quella tranquillità eterna, un respiro che non avesse fine, un battito di cuore sospeso. Restare così, per sempre, con gli occhi della Marcella su di lui, lo scivolare di una canzone fischiettata nelle orecchie, la brezza odorosa a fasciarlo e la bellezza di una campagna che era, senza ombra di dubbio, un paradiso terrestre.

E invece sentiva, e sapeva, che quella tranquillità era nient'altro che il punto precario di un equilibrio che stava per crollare. Era la follia che al Pianoro s'era presa qualche minuto di vacanza in attesa di sbucare dalla strada che arrivava dalla chiusa, veloce come un'inondazione. Come l'acqua allora si sarebbe intrufolata oltre la curva, avrebbe spazzato via i cipressi e le panchine dove se ne stavano Renzo e la Mita, coperto Fosco e Giovanni e i loro sguardi puntati al cielo, travolto la curiosità della Renatina, affogato il sorriso nella bocca della Marcella e zittito il Malfatti e il professor Cavani.

Avrebbe invaso ogni cosa, dentro e fuori di loro, arrivando coi fucili dei partigiani, coi loro sguardi da lepri braccate, e dietro i partigiani i nazisti e i fascisti a rincorrerli, i respiri corti, le corse e le urla, le parole spezzate dagli spari.

Sentì tutto questo, Beniamino, e l'onda che stava arrivando lo sommerse cacciando il desiderio con cui stava nutrendo il suo sogno. Lo affogò, gli tolse il respiro, entrò in ogni spazio della sua pelle finché non uscì dai suoi occhi sotto forma di due grosse lacrime che gli rigarono il volto.

Rattazzi le vide, potremmo dire che quasi vi si specchiò, avvertendo dentro quelle due gocce lo stesso sentimento che stava provando in quell'istante. Malinconia e rabbia, senso di inadeguatezza e timore, e la consapevolezza d'essersi illuso che il piccolo scoglio del Pianoro potesse arginare la tempesta che si era scatenata intorno. Sentiva gli sguardi degli altri su di sé, l'agitazione del Marzi, la paura del Bruni e lo smarrimento della Mara aggrappata al braccio di Beniamino. E anche le lacrime vide, dunque, che si staccavano dagli occhi di quel ragazzo che amava come un figlio, lacrime pesanti dell'impotenza che in quel momento li inchiodava nell'aia. Trascinate verso il basso dal grumo dei sentimenti con cui erano impastate, le vide rigare le guance, separarsi dal mento e precipitare verso terra.

E in quel breve lasso di tempo che trascorse prima che le gocce esplodessero sulla ghiaia del Pianoro proprio come le bombe che cadevano dal cielo, Rattazzi ebbe la certezza che la vera pazzia non sarebbe mai stata sconfitta, perché era l'essenza della normalità che stava per raggiungerli. Era gli uomini con le divise dei soldati e gli ordini urlati, le grida di chi s'ammazzava comunque, per la libertà o per il Führer, mentre Fosco e Giovanni rimanevano tranquilli a guardare il cielo sopra di loro. E allora sentì che tutto quello che aveva studiato non era servito a nulla, perché nulla avrebbe potuto incasellare l'onda che giungeva. A nulla sarebbe servita la ragione, perché proprio la ragione spingeva e giustificava, organizzava e sterminava. La ragione che costruiva gli aerei e le bombe, le sganciava con accortezza e precisione, le faceva esplodere a spazzare le vite e troncare le cose, a provocare dolore più di un morbo, mentre le lacrime che vedeva precipitare a terra erano innocue gocce buone soltanto a irrigare il mondo e portare tra la ghiaia il nodo di sentimenti che le aveva lasciate cadere laggiù, a liberarsi.

Allora, prima che quelle gocce toccassero il Pianoro, Rattazzi si sentì ferito e comprese che grazie a quella sofferenza avrebbe potuto difendere fino in fondo dalla follia che stava arrivando gli sguardi di Fosco e Giovanni, il fischiettare del Malfatti, i versi di Cavani e la paura della Renatina, il riposo della Mita e di Renzo baciati dal sole sulla panchina e comunque ogni altro sguardo, ogni altro tremito, ogni altra paura che la Scienza gli aveva detto di chiamare folle e che folle non era, ma soltanto impregnata di tutto quanto era soltanto e profondamente umano perché ormai sconfitto e flebile. Perché malato.

E quando le lacrime di Beniamino toccarono la ghiaia, Rattazzi sentì dentro di sé, insieme, il dolore per essersi assunto quella conoscenza e la felicità per aver compreso, finalmente, di essere un medico. Attorno aveva lo sgomento dei presenti, la paura palpabile per quanto di lì a poco avrebbe potuto accadere a un gruppo di fuscelli lasciati in balia della tempesta ormai prossima. Dentro di sé una forza nuova che lo spingeva.

Così risollevò lo sguardo e assunse su se stesso l'attesa degli altri:

«Presto, facciamo rientrare tutti» disse avviandosi verso il prato dove ancora sdraiati Fosco e Giovanni guardavano il cielo. Imitando un fattore che radunasse le galline dopo il pastone, battendo le mani e urlando versi di scherno, Rattazzi radunò le sue anime perse.

«Forza, miei bei polli!» gridava contento, destando dal loro torpore la Mita, Renzo e gli altri che si unirono a quel gioco singolare, saltellando in giro.

Anche Beniamino si lasciò andare a quella recita divertita, sollevando il timore che fino allora l'aveva inchiodato sull'aia con la leggerezza di rincorrere il Malfatti mentre scappava, si rotolava sull'erba sorpreso dall'improvviso gioco scoppiato al Pianoro.

La Mara, staccatasi dal braccio di Beniamino al quale si era aggrappata come alla bitta di un porto, se ne stava ritta in mezzo al cortile, gli occhi ancora umidi per le lacrime provocate dalla paura e una mano sulla bocca a trattenere il sorriso che quella scena bizzarra le provocava.

Guardava il Rattazzi, assurdo fattore, e il suo passo appesantito dagli anni mentre inseguiva Fosco che si nascondeva dietro il magazzino, e Beniamino che zoppicando girava attorno al Malfatti, e il Bruni, solitamente scontroso, che ora invece batteva le mani facendo il verso del tacchino, mentre il Marzi s'accendeva un toscano scuotendo la testa, e la Marcella, sorpresa dall'improvviso baccano, stava alla finestra della cucina a sorridere divertita.

Così, ansimanti e sudati, rientrarono tutti al riparo dei muri, chi a bere un sorso d'acqua, chi sdraiato sul divano o su un letto a lasciare che si acquietasse l'eccitazione di esser stato pollo o fattore per qualche minuto.

Poi i partigiani arrivarono.

Dall'alto della collina una decina di macchie scure scivolarono in lontananza, basse e veloci, scendendo verso la casa del Pianoro.

Rattazzi e gli altri le videro accostarsi, arrestarsi a una ventina di metri dall'aia, sparse come una manciata di ciliegie sopra una tavola. Un paio di quelle macchie si mossero e si avvicinarono alla porta.

Da dietro la finestra, il gruppo di occhi che puntava la collina si voltò allora verso il dottore che, unico, ruppe un silenzio pesante come il marmo:

«Via, andiamo a fare gli onori di casa» e così dicendo andò incontro a quelli che arrivavano.

Il fucile in mano, l'espressione seria, il respiro leggermente affannato, uno dei due uomini si piantò davanti a Rattazzi.

«Sono il capitano Remo» disse, «della brigata partigiana dei Prati. Io e i miei uomini abbiamo bisogno di fermarci qui per un ristoro.»

Rattazzi, gli occhi ben fermi sull'uomo, lo avvertì:

«Capisco, ma vi devo avvisare che questo è un luogo un po' particolare. Io sono medico, e qui abbiamo trasferito alcuni malati dal manicomio della città. Temo che la vostra presenza possa turbare un equilibrio già fragile. Ogni novità per loro è una scossa.»

Il capitano Remo ebbe un gesto di insofferenza.

«Ho la responsabilità di dieci uomini, di cui un paio feriti, e una muta di nazisti che ci sta dando la caccia da oltre la chiusa. Il fronte sta salendo e la battaglia è appena cominciata. Abbiamo bisogno di mangiare qualcosa e riprendere fiato» disse con tono un po' secco.

Quindi si voltò verso gli altri uomini che erano rimasti fermi dall'altra parte dell'aia e fece un cenno verso di loro, scostò con una mano Rattazzi e con decisione si avviò oltre la porta.

«E comunque tra pazzi ci si intenderà» concluse, un sorriso stirato sulle labbra.

La Marcella e la Mara misero sul grande tavolo della cucina pane, formaggio e qualche fiasco del vino che il Marzi aveva appena portato, mentre l'Elemira, rossa in volto e agitatissima, si dava da fare attorno ai fornelli. Era una strana scena: i partigiani seduti al desco mangiavano in fretta, scambiandosi poche parole. La gente del Pianoro restava un po' discosta, a guardarli, lanciando ogni tanto uno sguardo preoccupato verso la strada che arrivava dalla chiusa.

C'era nell'aria una sospensione che inquietava, una sorta di diffidenza che incollava a quei minuti il fastidioso peso dell'attesa.

Poi, dalla stanza accanto, sbucò Renzo Bardi, biascicando tra sé una delle sue litanie incomprensibili. Una gazza curiosa era sempre stato, il Renzo, fin da bambino, da quando in quella sua testa mezza piena d'acqua il bagliore di una luce svegliava chissà quale folletto. Bastava il luccichio di una moneta o il lampo di un riflesso per attirarlo e obbligarlo a guardare, a toccare, a fare domande.

Dalla stanza accanto dove s'era rifugiato a lasciar riposare il fiato rotto per le lunghe corse, il Renzo aveva sentito voci nuove e rumori che l'avevano destato dal mezzo sonno in cui s'era adagiato dopo l'eccitazione del gioco. In fondo alla gola gli ardeva una sete forte e s'avvicinò alla cucina per andarla a spegnere con un bel bicchiere fresco.

Entrò e vide un monte di gente attorno al grande tavolo. Fissò quelli che se ne stavano seduti cercando di riconoscere i tratti dei loro volti, ma non ricordava di averne mai visti di simili e per un attimo si sentì sperduto. Poi la voce del "dottore" lo invitò a entrare.

«Tranquillo, Renzo» gli diceva sorridendo, «sono tutti amici.»

Ma "amici" era una parola che il Bardi attribuiva a chi già aveva conosciuto, a chi gli aveva stretto la mano o l'aveva accompagnato sulla panchina vicino al roseto, quando ancora la sua casa era quella coi muri di mattoni scuri e le finestre alte. "Amico" era il custode Mario, quello che ogni tanto gli faceva tirare un fiato del suo toscano, forte, respirato fino in fondo. E "amico" era anche il Marzi, quando gli lasciava tenere in mano il volante del camion fermo in mezzo all'aia, per provare a girarlo a destra e sinistra c poi scendere a vedere se le ruote avevano cambiato posizione. "Amico" erano anche Fosco e il dottor Beniamino, e tutti quelli con cui se ne stava sdraiato sul prato o sulla panchina a prendere il sole. Non era "amico" il Bruni, che aveva sempre un'espressione così seria, da spaventarlo, e suor Delia, con la sua voce chioccia e la pretesa di insegnargli preghiere che a lui non piacevano per nulla, troppo lunghe e complicate. Meglio le filastrocche del Rattazzi o la pasta e fagioli dell'Elemira. Quella era un "amico".

L'immagine della pasta e fagioli riportò a galla la sete che lo strozzava e dunque il Bardi cercò di allontanare la paura per quei visi sconosciuti e andò verso il tavolo dove aveva visto le brocche e i fiaschi di vino.

Fu allora che il luccichio del mitragliatore lo colpì.

Accanto al piatto dov'era una salsiccia mezza tagliata, stava appoggiato quel pezzo di ferro, luccicante per il sole che entrava dalla finestra. Tutto scomparve all'improvviso: in quell'istante, per il Bardi, l'universo fu soltanto quel barbaglio di luce e lui si precipitò verso il centro del mondo che vedeva splendere sul tavolo della cucina.

Successe tutto in un attimo. Mario Panetta, il partigiano Carbone, mentre era intento a lenire la fame con un pezzo di salsiccia, vide un'ombra che arrivava dalla sua destra. Voltò lo sguardo e si trovò di fronte un mezzo mostro con la faccia storta e la testa gonfia. L'uomo nero dei racconti di sua nonna, gli occhi dilatati e le mani protese verso di lui. Lo spintone con cui tentò di difendersi fu la liberazione da una paura che lo inseguiva da sempre e che vide specchiata nello sguardo stravolto del Bardi.

Colpito dalla spinta, il matto si rovesciò sul tavolo, ma riuscì ugualmente ad afferrare il suo sole luccicante. Fu il caos. Due partigiani si buttarono su di lui, mentre Beniamino e il Marzi tentavano di difenderlo. La confusione scoppiò come una bomba e raggiunse all'istante la stanza dove gli altri matti se n'erano rimasti fino a quel momento tranquilli. La Mita si gettò a terra e cominciò a piangere, la Renatina, la bocca aperta, mugolava di paura, mentre Fosco, accucciato in un angolo, nascondeva il volto tra le mani mugugnando torvo. Il Malfatti, che s'era avvicinato alla cucina, vide Renzo dimenarsi e urlare, stretto tra tre o quattro sconosciuti, e si spaventò. Risentì dentro di sé il bruciore delle frustate di suo padre, i ceffoni che gli mollava ogni volta che lui si ostinava a non rispondere a frasi che non comprendeva, ogni volta che preferiva seguire le voci dentro la sua testa piuttosto degli ordini che quell'uomo gli tirava contro, arroventati come olio bollente.

I muri della cucina si strinsero su di lui e gli mancò il respiro. Così se ne uscì sull'aia, dove l'aria era finalmente aperta e il fiato più libero. Ma anche da lì si sentivano le urla e Renzo che guaiva peggio di un cane. Allora si mise a correre, verso i cipressi che accompagnavano la strada per la chiusa, attraverso il prato, su per la collina, da qualsiasi parte purché fosse lontano dalle voci che ormai gli rimbombavano dentro la testa.

Rattazzi vide il Malfatti sulla porta della cucina, la bocca spalancata e il terrore negli occhi. Vide anche lui i muri stringersi su quella povera anima e sentì mancargli il respiro proprio come se i polmoni di quel disgraziato fossero i suoi. Come nella testa del Malfatti sentì le urla del Bardi trasformarsi in ordini, in comandi, in voci continue. Così si precipitò dietro la disperazione che già l'aveva spinto oltre il cancello del magazzino, correndo con tutta la forza che la sua età avanzata gli permetteva, mosso dalla paura e da un dolore non suo, ma che sentiva necessario masticare e dividere con chi avrebbe dovuto proteggere e curare.

Ci volle un buon lasso di tempo per riportare un po' di calma nelle stanze, per lenire la paura dei malati e contrastare la stizza dei partigiani, che finirono di mangiare in fretta e se ne andarono in malo modo, con sguardi crucciati e maledizioni contro la gente del Pianoro neanche troppo trattenute.

I fucili in mano, il gruppo se ne salì oltre la collina, verso la montagna dei Prati, voltandosi ogni tanto a guardarsi le spalle, ad assicurarsi dell'assenza dei tedeschi come della lontananza della casa nella quale la Marcella, Beniamino e gli altri stavano con pazienza ricucendo gli strappi che la visita aveva provocato.

E quando la ragnatela di tranquillità si distese quasi completamente sulle povere anime del Pianoro, Beniamino uscì sull'aia a cercare il Malfatti e Rattazzi. Impegnato a proteggere Renzo Bardi, aveva comunque visto il dottore precipitarsi dietro quell'altro che fuggiva, verso la strada della chiusa. Ma adesso, una buona mezz'ora dopo che tutto era successo, ancora non vedeva nessuno tornare verso l'aia, e si inquietò.

Scambiò con il Marzi uno sguardo preoccupato. Il Malfatti era giovane e veloce e senz'altro il povero Rattazzi avrebbe avuto i suoi problemi a trattenerlo e riportarlo indietro.

«Noi si va a cercare quei due» disse rivolto alla Marcella, e dunque s'avviò con il Marzi sulla strada al passo più veloce che la sua zoppia potesse permettergli.

Malediva dentro di sé il Castellucci per il regalo di quell'andatura che gli impediva di correre e allontanare l'angoscia. E malediva il mondo intero, Beniamino, l'assurdità della guerra e la sgarbataggine dei partigiani che l'aveva colpito come uno schiaffo. Non per la reazione verso il Bardi, ché d'altronde impedirgli di prendere il mitragliatore era stata cosa saggia e dovuta. Ma per quell'aria scocciata, per il fastidio che aveva visto sui volti e nei modi di quelli ai quali, in fondo, era stata data ospitalità. Camminava veloce e zoppicando, e intanto masticava una rabbia sorda, non riuscendo a lenirla con la razionalità, nonostante nel loro modo di fare avrebbe potuto riconoscere l'abituale difesa della maggior parte delle persone che improvvisamente si trovavano a contatto con lo sguardo stravolto di Renzo o il tremolio della Mita, con il borbottare del Cavani o il dondolio continuo di Girolamo Malfatti.

Con la ragione Beniamino riusciva a comprendere, ma pure quel comprendere non lo rassicurava. Anzi lo offendeva, e lo offendeva che non fosse possibile liberare la testa della gente prima di liberare le città, le case o le piazze.

Zoppicando cercava di tenere a bada questa rabbia, che intanto si mischiava con l'apprensione che aumentava dentro di lui, la stessa che leggeva nello sguardo fisso del Marzi, nel silenzio con cui affrontavano insieme quella ricerca. A nulla servì vedere, dopo la cappella della Madonna, un buon paio di chilometri oltre il Pianoro, il Malfatti immobile, seduto sul ciglio della strada, che si dondolava com'era solito fare quando si chiudeva al riparo dei propri pensieri.

Rattazzi gli era accanto, disteso come se stesse riposando, lui che sembrava non riposarsi neppure quando dormiva davvero. Il Marzi comprese, e un timore profondo, una sorta di rispetto lo bloccò a pochi passi dal dottore. Beniamino, il cuore in gola, invece accelerò ancora di più il passo sciancato e quasi corse, chinandosi subito sull'amico, prendendogli tra le mani la testa e chiamando il suo nome, più per dar coraggio a se stesso che a quell'uomo che ancora rimaneva disteso, gli occhi serrati.

Le braccia strette attorno alle spalle percepivano

un tremito sottile. Così, da vicino, sentì un debole rantolo uscire dalla bocca del medico.

«Dottore» lo chiamò nuovamente, con la voce incrinata dall'angoscia.

Questa volta Rattazzi sembrò svegliarsi, aprì gli occhi e gli sorrise. Poi alzò una mano e gli fece cenno di avvicinarsi di più. La bocca prossima al suo orecchio, il dottore sembrò bisbigliare qualcosa al giovane custode.

Mentre il Malfatti se ne stava seduto a borbottare dondolando la testa, il Marzi era immobile, ritto di fronte alla cappella della Madonna. Non era un uomo tenero, facile alla commozione. Era stato in Abissinia, per la conquista dell'Impero. Di scempi e di morti ne aveva visti a dozzine e dunque non era la morte in sé a turbarlo. Ma ora era là, in piedi, il fiato ancora corto per la corsa, con il Malfatti che gli dondolava accanto, i prati attorno verdi e tranquilli, e la cappella della Madonna che sembrava dipinta, e poi Rattazzi disteso sulla ghiaia della strada, e Beniamino chinato su di lui a raccogliere chissà quali parole bisbigliate piano piano, come per non rigare la pace che c'era intorno.

Non era uomo da commuoversi, il Marzi, eppure quel giorno, lungo la strada che scendeva verso la chiusa, sentì uno gnocco di pece sciogliersi proprio in mezzo al petto e salire verso la gola, tagliandogli il fiato, cosicché dovette aprire la bocca e respirare forte, alzare lo sguardo verso il cielo e fissare l'azzurro pulito e senza nuvole per obbligarsi a non vedere il dottor Rattazzi che moriva.

Il capo di Rattazzi tra le mani, Beniamino pianse. Inginocchiato sulla ghiaia della strada, il Marzi che guardava lontano mentre il Malfatti si dondolava chiuso nella sua paura, cercava di liberare con le lacrime il peso che quel nuovo abbandono gli lasciava.

Ancora una volta, così com'era capitato con l'Ignazio, la morte era intervenuta a togliergli di fronte un traguardo che sentiva vicino. Era entrata nella cucina della casetta accanto al manicomio e s'era presa suo padre, lasciandogli l'onere della famiglia e il fantasma di una laurea. E adesso aveva schiantato anche il cuore di Rattazzi, portandosi via con lui il sogno di realizzare qualcosa che ora Beniamino poteva soltanto immaginare.

Piangeva, cercando di scacciare il peso di una responsabilità che ogni minuto sentiva avvicinarsi, come aveva sentito la vita del dottore scivolare via dalle sue mani. Oltre le curve dolci della strada, nella casa del Pianoro, la Marcella, l'Elemira, Fosco, la Renatina e gli altri aspettavano che lui tornasse portando con sé il Malfatti e Rattazzi, per sedersi ancora una volta tutti insieme al grande tavolo della cucina, in quella strana imitazione di una famiglia che, in fondo, una famiglia lo era davvero, perché mai come tra quelle pareti, su quelle sedie, attorno al desco imbandito, s'erano sentiti di appartenere a un unico destino, parenti stretti di qualcosa che non conoscevano compiutamente, ma che era lì, tra di loro, presente e forte.

In quella casa il sorriso sdentato della Renatina aveva cominciato ad avere un altro significato, così come le corse di Fosco, non più interrotte dai custodi, o il discorrere di Giovanni con Dio. E tutte le altre cose che prima erano state rinchiuse in un quadrilatero di alte mura, contenute tra cinghie e regole precise, al Pianoro se ne potevano stare invece a sbollire in libertà, a prendersi il loro modo e il loro tempo in attesa che il dottor Rattazzi trovasse la maniera per convincerle ad andarsene, senza stringere la Mita alla gola o togliere la luce al Bardi, senza fare storie e altri danni a tutti quei poveri diavoli che quelle cose se l'erano portate addosso già per troppo tempo. Convincerle ad andarsene, dalla stessa parte dalla quale se n'erano andati i partigiani, oltre la collina, scappando dal fronte che arrivava così come stavano facendo tutti.

Ma proprio quell'immagine strinse il cuore a Beniamino. Gli aveva riportato alla memoria quelle conversazioni in cui Rattazzi gli aveva parlato del desiderio di distruzione che cova dentro gli uomini. Una lama di freddo gli percorse la schiena e per la prima volta realizzò compiutamente che, al di là della chiusa, la morte stava esaudendo quel desiderio, e che alla guerra s'andava come alla guerra, senza pietà e senza ragioni che non fossero quelle dell'uccidere.

E allora, la testa del suo capitano tra le mani, Beniamino rivide con chiarezza il panorama che con la Marcella aveva osservato qualche settimana prima dalla cima del colle, dopo che l'amore li aveva illusi con la passione e la serenità. Vide quel mare che lentamente s'innalzava e che ben presto avrebbe sommerso l'isoletta sulla quale s'erano inutilmente rifugiati.

Così inghiottì le ultime lacrime e un boccone di rabbia per quel nuovo padre che l'aveva lasciato solo. Si asciugò gli occhi e andò a convincere il Malfatti ad alzarsi per tornare al Pianoro, assieme al Marzi. E ad ogni passo, per quei pochi chilometri che lo dividevano dalla casa, ripercorse tra sé i momenti che aveva condiviso con Rattazzi, dal giorno in cui gli era comparso accanto, sulla panchina del cortile, fino a quando lui lo aveva stretto sperando di trattenergli ancora per un po' la vita.

E in quel ricordare, immagini, parole, colori, profumi si mischiarono nella sua testa vorticando furiosamente, senza che riuscisse a dare loro un ordine, un senso, qualsiasi cosa che gli permettesse di trovare un aiuto per tutto quello che adesso avrebbe dovuto affrontare.

Quella notte Beniamino non dormì. Il groppo di sensazioni, dopo il mesto ritorno al Pianoro, era lievitato in un peso che neppure l'amore della Marcella, l'affetto dell'Elemira e della Mara, l'amicizia di tutti gli altri erano riusciti ad alleggerire.

Su di sé sentiva ancora più forte il fardello che lo aspettava, reso ancora più gravoso da quanto aveva provato per Rattazzi, per l'entusiasmo che lui gli aveva regalato, per la speranza che gli aveva fatto intravedere. Adesso gli si parava innanzi una nuova responsabilità, più grande e più indigesta di quella che aveva provato verso l'Ignazio, e l'Elemira, e l'Aida, per il tradimento degli studi mai compiuti. E non c'era nessun Castellucci da chiamare in causa, nulla che potesse servirgli da riparo.

Il rapporto con Rattazzi lo aveva fatto sentire pronto a condividere il proprio destino con i malati, a spartire con loro il tempo e la sofferenza, a cercare qualcosa che potesse spezzare il muro della malattia e quello del manicomio, per essere finalmente il medico che non aveva mai avuto il coraggio di essere.

Quella notte Beniamino non dormì. Rimase alzato a guardare fuori dalla finestra della camera, a respirare l'aria tersa desiderando che dall'odore dell'erba che saliva potesse arrivare anche un indirizzo, un consiglio, quella ricetta che aveva sperato Rattazzi gli volesse confidare quando, con un ultimo sforzo, lo aveva attirato a sé. In quel momento, il cuore in gola, si era chinato sul suo viso, aveva trattenuto il fiato per cercare di cogliere dal gorgoglio che usciva dalla bocca anche il minimo suggerimento, il lascito di un'ultima volontà che lui avrebbe senz'altro adoperato come una formula magica.

Era rimasto così, immobile e teso, senza riuscire a percepire altro che lo scivolare della vita del dottore che se n'andava. E nelle lacrime che aveva liberato, assieme al desiderio di sollevarsi dal peso di quel nuovo abbandono, c'era anche lo smarrimento per quella mancata rivelazione che adesso lo esponeva ad ogni vento, alle attese e alle speranze della gente del Pianoro.

Prima di andare col camion a recuperare il corpo

del dottore, per seppellirlo accanto alla casa del Pianoro, il Marzi aveva provveduto a descrivere all'Elemira, alla Marcella e agli altri quanto era accaduto, e tutti avevano voluto leggere, in quel chiamare a sé Beniamino, il passaggio di una consegna e di un'istruzione. Il dolore per quella morte improvvisa, la preoccupazione per quanto li attendeva avevano sparso tra loro la tacita convinzione che in quegli ultimi minuti il dottore fosse riuscito a trasferire al giovane custode la chiave dei suoi progetti e le disposizioni che aveva in mente, il succo di quanto, con allegria ed entusiasmo, aveva cominciato a costruire in quella casetta di campagna.

Rinforzate dal racconto del Marzi, le speranze della gente del Pianoro s'erano rovesciate su Beniamino, come il viatico per alleggerire gli animi e, condividendo quella falsa convinzione, per assicurarsi un po' di tranquillità con la quale superare quel frangente preoccupante.

Così, nello scuro della notte, Beniamino cercava una soluzione per affrontare il giorno che presto sarebbe arrivato, con le vite ritorte dei suoi matti ancora sparse per il Pianoro, in cerca di un riparo alla follia e alla morte che stava salendo dalla chiusa; ma dal silenzio e dal buio non gli giungeva altro che una pace apparente che lo angosciava ancora di più e ancora di più aumentava il senso di incapacità che si era impadronito nuovamente di lui.

Fu mentre cercava inutilmente in questo silenzio che sentì accanto a sé la presenza di qualcuno. Un respiro accelerato, il tremito di un corpo che, sfiorandolo, si trasmise al suo.

Fosco era lì. Gli occhi stretti, l'agitazione che aumentava, erano il segno che stava per essere trascinato nei suoi abissi, più scuri della notte oltre la finestra.

Beniamino passò un braccio attorno alle spalle del ragazzo.

La voce di Fosco uscì a pezzi, morsicata dalla paura:

«Hanno ucciso Rattazzi» disse.

«No, amico mio. È il suo cuore che si è fermato» rispose Beniamino.

«Perché?» domandò l'albatros.

«Perché era vecchio.»

«Perché?»

«Si è stancato molto, Fosco.»

«Perché?» disse ancora il ragazzo.

Beniamino stava per rispondere, ma comprese che quella domanda non avrebbe potuto avere nessuna risposta logica perché una logica non c'era, e perché in fondo Fosco non stava facendo altro che domandarsi quello che lui stesso si era domandato in quelle ore di insonnia, alla finestra, di fronte al buio di una notte che lo inquietava.

Dalla parte della collina, là dove la strada piegava per tornare verso la chiusa, un bagliore d'argento annunciò la luna che sorgeva, rompendo il nero della tenebra dentro la quale fino ad allora non era riuscito a trovare nessuna risposta. La luce cominciò a diffondersi tingendo di dolcezza i poggi, delineando uno a uno i cipressi, stendendo sull'orizzonte del Pianoro un velo di colore tenue e irreale, come se quel luogo fosse la scenografia di un teatro. E in quella scena, come su un palcoscenico, Beniamino vide scivolare le vite dei pazzi, le vide muoversi in una coreografia, recitare, raccontarsi, finalmente libere di essere illogiche e folli, poetiche, strampalate, assurde e fino in fondo dolorose, specchio del buio che la luna stava a poco a poco stemperando, per rivelare la natura della loro essenza.

Così, mentre il disco bianco si alzava sul Pianoro e Fosco, come il battere di un martello, continuava a picchiare i suoi "perché", Beniamino abbracciò il suo amico pazzo e decise finalmente di rispondere a lui e a se stesso:

«Perché Rattazzi mi ha insegnato come proteggerti.»

Rinfrancato dalla risposta che aveva dato a se stesso, Beniamino si abbandonò a un sonno di poche ore, risvegliandosi il mattino riposato come se avesse invece dormito a lungo e profondamente.

Nelle parole con cui aveva calmato l'ansia di Fosco sembrava nascosta una decisione che lui aveva espresso all'improvviso, senza quasi comprenderne il senso. Sapeva soltanto di aver preso su di sé la responsabilità che, di quello ne era cosciente, Rattazzi gli aveva passato morendo.

Aveva dentro, forte, questa consapevolezza e l'immagine del Pianoro illuminato dalla luce d'argento della luna netta come la scena di un teatro, e dunque si tenne, quasi carezzandole, quell'immagine e quella consapevolezza, le portò dentro di sé nei primi gesti con cui cominciò la giornata, nutrendole col silenzio che ancora abbracciava la casa.

Sentiva, accanto alla pace che lo circondava, che l'inquietudine della notte s'era tramutata nell'urgenza di un'azione che lo chiamava, di qualcosa che non aveva chiaramente compreso, ma che sapeva di dover fare. Immerso in questa sensazione, con la tazza del caffè in mano, Beniamino arrivò alla porta della stanza di Rattazzi e s'appoggiò allo stipite ad osservare l'immobilità che vi regnava, quasi cercando in quella sospensione un'indicazione concreta.

Così entrò, si sedette al tavolo che il dottore usava come scrivania e cominciò a sfogliare i quaderni sui quali aveva riportato le sue annotazioni. Righe fitte di parole, segni, tratti vergati con forza, note a margine in una confusione che gli ricordò la scrittura con cui l'Ignazio aveva tenuto i resoconti del suo commercio. A quel pensiero sentì una stretta al cuore, l'emozione rinnovata di essere orfano e solo. Chiuse i quaderni con delicatezza e come in una carezza posò la mano sopra la piccola pila di carta. Accanto ai quaderni vide le cartelle cliniche che Rattazzi aveva portato dal manicomio. La prima era quella di Fosco. L'aprì, scorse i dati e gli appunti dell'anamnesi, le osservazioni mediche. Le note erano compilate con cura sino alla data del trasferimento, ma da quel giorno in poi al posto della scrittura una serie di disegni occupava interamente le pagine: schizzi di uccelli, una rosa che perdeva petali, la ruota del camion del Marzi, ritratta con una cura sorprendente, e poi una mano di Fosco, l'angolo della sua bocca piegato in un modo inconfondibile, gli occhi che guardavano il volo degli uccelli nel cielo, le sue scarpe, i bottoni della giacca che continuamente tormentava, il suo viso appoggiato a una mano, sotto una lama di luce.

Sorpreso da quella scoperta, Beniamino aprì la cartella seguente e anche in questa trovò, dopo la data del trasferimento, pagine occupate da disegni. Una dopo l'altra aprì tutte le cartelle che trovò sulla scrivania e scoprì, così, il mondo del Pianoro ritratto minuziosamente dalla penna di Rattazzi, particolare dopo particolare, in una quantità di tessere che formavano un mosaico vivo e pulsante. Si immerse in quei disegni e vide chiaramente, in quei tratti, il senso di un amore profondo, di una poesia che riusciva a trasmettere molto più di quanto le parole avrebbero potuto fare. Nel capo reclinato del Malfatti si leggeva il peso che quell'uomo si portava dietro ritratto con una cura che tra le mura del manicomio non aveva mai ricevuto. E così, nelle dita intrecciate della Renatina c'era tutta la sottomissione cui la malattia obbligava quella donna, presa, cullata, riportata tratto dopo tratto sopra il foglio di una cartella clinica. E negli occhi di Fosco rivolti verso il cielo Rattazzi aveva saputo scrivere un desiderio che non necessitava di grammatica, che era pura libertà, aria e respiro.

Girava le pagine, Beniamino, e a ogni disegno, di fronte al tentativo di ricerca e di espressione che il vecchio dottore gli aveva lasciato, aumentava in lui l'emozione. Il cuore in subbuglio, gli sembrò infatti di essere negli occhi di Rattazzi e di vedere se stesso e tutto il Pianoro come non era mai riuscito a vederli, gli sembrò che tra quelle pagine, in definitiva, stesse una ricchezza che era la sua eredità, che lo invitava a riflettersi come in uno specchio, a togliere la propria pelle, a rovesciare la propria interiorità assieme alle vite della gente del Pianoro, così come Rattazzi stesso aveva cercato di fare.

Quella sensazione quasi lo spaventò. Allora si alzò, si allontanò dalla scrivania, passò dalla cucina a prendersi ancora una tazza di caffè sperando di trovare in qualche sorso di bevanda forte la serenità per distanziare da sé il vecchio vizio della vigliaccheria, il desiderio di fermarsi, di avere un riparo e una scusa, di allungare il tempo e le parole.

Dalle stanze cominciavano a sentirsi rumori, i primi movimenti degli abitanti del Pianoro che si svegliavano, quelle stesse persone che appena qualche attimo prima lui aveva scrutato nel loro interno grazie ai disegni di Rattazzi. La tazza del caffè in mano, Beniamino quasi scappò sull'aia, per cercare nella solitudine lo scampo ad antichi timori che di nuovo si stavano impadronendo di lui.

Appoggiato al muro del magazzino, aggrappato ai sorsi del liquido caldo, vide allora dall'esterno la vita quotidiana della casa che riprendeva: la finestra aperta lasciava intravedere l'Elemira attorno alla stufa, e la Renatina già seduta al tavolo, la testa china, immersa nella paura che non l'abbandonava mai. Fosco, come ogni mattina, se ne stava immobile a lasciare che il sonno pian piano se ne andasse, mentre il Marzi già aveva acceso il suo toscano e guardava verso di lui, l'espressione seria.

Guardato da qualche metro di distanza, il Pianoro sembrava davvero il teatro che Beniamino aveva visto illuminato nella notte dalla luna, e i suoi abitanti personaggi di una rappresentazione alla quale ognuno partecipava senza rendersene conto, ognuno tentando di fare la propria parte, di essere all'altezza di un ruolo che spesso altri avevano scritto.

Da dove si trovava non distingueva chiaramente i dialoghi. Sentiva il suono confuso delle parole e per un po' si divertì a seguirlo come fosse una musica. Non distingueva, però era consapevole che, proprio come in un teatro, i personaggi si muovevano secondo un piano preciso e dunque, pur senza sentire, sapeva quello che il Malfatti avrebbe fatto appena entrato in cucina, sapeva che si sarebbe seduto a capotavola aspettando che l'Elemira gli portasse da mangiare, e che la Mita, prima di bere il suo latte, avrebbe piegato e ripiegato il tovagliolo raccontando della cattiveria di suo padre, e Fosco, il suo albatros, si sarebbe scosso dal torpore del sonno avvicinandosi alla finestra a sbirciare il cielo, sempre sperando che uno stormo di uccelli arrivasse ad aiutarlo a fuggire. E a ogni persona che scrutava, a ogni azione che sapeva che quella persona avrebbe fatto, provava simpatia o tenerezza, timore o diffidenza.

Guardava, Beniamino, e guardando si accorse che l'azione dei suoi occhi produceva in lui la stessa emozione che Rattazzi aveva espresso nei suoi disegni, qualcosa che davvero era l'essenza delle persone che stava osservando e ritraendo, qualcosa che, srotolandosi sulla scena del Pianoro, lo obbligava a non nascondere più quanto quell'immagine rifletteva.

Fu così che quella mattina, appoggiato al muro del magazzino, Beniamino decise di prendere in mano la propria vita: bevve due lunghi sorsi di caffè, tirò un respiro profondo e poi si avviò quasi correndo verso la grande cucina. L'Elemira, che stava tagliando il pane alla madia, attraverso la finestra lo vide arrivare deciso e di buona lena, e si stupì che zoppicasse meno del solito.

Lui spalancò la porta, andò di fronte a sua madre:

«Io da bambino guardavo i matti che si mangiavano i fiori» disse «li vedevo felici, che masticavano le rose.»

Poi si spostò verso il caminetto, si mise di fronte alla parete e alzò una mano verso l'alto, così come faceva nel giardino del manicomio quando con Rattazzi e Fosco giocavano al loro gioco preferito. Desiderò ancora che il suo vecchio maestro fosse lì, a rassicurarlo per quello che stava facendo, come un regista che ti assista prima del tuo esordio, sulla ribalta. Ma Rattazzi era morto, le luci della scena erano spente e sul muro della cucina non cresceva nessuna rosa. Beniamino sentì allora il desiderio grattargli lo stomaco, graffiarlo in una paura che si trasformò subito in un'onda di calore, in un'emozione così forte da intontirlo. La cucina del Pianoro scomparve e il muro diventò il roseto aggrappato alla rete del cortile, nella casa dei matti. Il Marzi, sorpreso da quello strano comportamento, provò a chiamarlo, ma Beniamino sentì invece Rattazzi che ripeteva il suo nome e si rinfrancò, prese coraggio e finalmente riuscì a staccare il petalo di una rosa e a portarselo alla bocca, a masticarlo, e una tranquillità nuova si espanse dentro di lui, lo coprì come in un abbraccio, regalandogli quel piacere che aveva invidiato fin da quando, bambino, aveva spiato i matti dalla rete del giardino.

E anche la voce dell'Elemira che, preoccupata, stava pronunciando il suo nome, lo riportò indietro, a quel tempo lontano, a quando ancora nulla era avvenuto e l'Ignazio continuava a spargere il suo buonumore nei mercati e nella casa, l'Aida se ne stava a trafficare attorno alle gabbie dei conigli e lui poteva rimanere al riparo della casetta e dei suoi due piani. Nessuno ancora gli aveva chiesto di studiare e la laurea era un sogno nascosto nel cuore dei suoi genitori, strizzata dentro le centinaia di lenzuola lavate dall'Aida al fosso. La sua scrivania era sgombra di libri e la sua gamba era ancora intera, dritta come il suo passo: l'Elemira continuava a chiamarlo, ma lui se ne stava tranquillo a masticar le rose.

Seduti al tavolo della cucina, i matti del Pianoro guardarono Beniamino finalmente dall'altra parte della rete. La Mita, a bocca aperta, lo fissò. Seguì con attenzione la mano del suo "dottore" alzarsi e andare alle rose che non c'erano, staccare i petali che non si vedevano e infine masticarli con piacere. Guardò l'espressione felice di Beniamino e lo invidiò. Invidiò la tranquillità con cui si muoveva, l'eleganza dei suoi gesti e il gusto che senz'altro quel masticare gli stava regalando. Era qualcosa che in quel momento lei desiderava, qualcosa che avrebbe potuto allontanarla dal vuoto che anche quella mattina sentiva nella pancia, quel vuoto che era peggio della fame, un languore profondo che le partiva da molto oltre lo stomaco e la obbligava a una voracità inesauribile. Così, la dolce Mita, lei che se ne stava spesso in disparte a sostenere il peso della sua fame, s'alzò dal tavolo e piano piano s'avvicinò a Beniamino, alzò anche lei una mano verso il muro della cucina e staccò un petalo per mangiarlo.

Distratto dalla voce dell'Elemira che chiamava suo figlio, Fosco smise di scrutare il cielo del Pianoro e girò lo sguardo verso quanto stava accadendo nella cucina, dall'altra parte del tavolo, di fronte al muro. Vide Beniamino alzare una mano, lo vide portarsi qualcosa alla bocca e masticare, riconoscendo in quei gesti il gioco che assieme al dottor Rattazzi erano soliti fare nel cortile del manicomio. Lo riconobbe e sorrise, felice per quel ricordo, e così, quando vide la Mita alzarsi e avvicinarsi a Beniamino per ripetere i suoi gesti, anche lui non esitò a farlo, ad attraversare la stanza per mettersi accanto a loro a staccare dal muro i petali, a masticarli e finalmente sentire dentro di sé la calma rilassante del silenzio dopo le urla, l'immobilità dopo il tremito della paura, mentre il peso che si portava dietro, impedendogli di alzarsi in volo come avrebbe voluto, si scioglieva davanti al volto di Rattazzi che adesso, ancora, era tornato accanto a lui, dentro il profumo delle rose, nella poltiglia dei fiori che Fosco poteva ancora premere tra le dita così come lui gli aveva insegnato.

E uno a uno, nella stessa processione che aveva affascinato Beniamino da bambino, i matti del Pianoro s'alzarono dalle sedie e si avvicinarono al muro a staccare dal roseto che non c'era i petali con cui masticare un po' di pace. Ognuno chiuso in se stesso, ognuno concentrato in quello strano mangiare, celebrarono nella cucina il rinnovarsi di un rito da manicomio che avvolse la stanza di un fresco respiro. La Mara, la Marcella, il Bruni e il Marzi ne furono avvolti, rapiti, e persino l'Elemira cessò di chiamare il nome di suo figlio, riponendo in qualche angolo di se stessa il timore per quel suo comportamento.

Vide Beniamino assorto, il volto disteso, e gli altri attorno, concentrati e allo stesso tempo lievi, vide i loro gesti lenti, nei quali senza fretta si stemperavano i tremori, si allentavano i morsi della malattia, e allora quel gruppo di persone goffe e sgraziate le parve bello, una scena illuminata dal sole del mattino che filtrava dalla finestra a disegnare un quadro, come in un teatro.

Questo vide, l'Elemira, e in quel momento comprese cosa Beniamino aveva ammirato sin da bambino, aggrappato alla rete della loro casa e nell'istante in cui lo capì un rammarico profondo la invase: la nostalgia per il corpo dell'Ignazio, le gabbie dei conigli, il sorriso dell'Aida e le cataste dei panni stesi ad asciugare. E poi l'andare e venire dei matti nel cortile, il pianto della Mara appena uscita da lei il giorno del parto, il banco dei tessuti al mercato, i libri di suo figlio abbandonati sulla scrivania e quella maledetta gamba rotta, ritorta, ficcata dentro il suo petto come un pugnale. Tutto si mescolò in quell'attimo, svanendo oltre il muro del giardino della sua casa, impastato e masticato proprio come i petali delle rose. Tutto si confuse per lasciare posto alla scena che aveva di fronte, che avveniva in quel momento eppure era lontana anni e anni, che era al di fuori di lei eppure le stava dentro, nascosta nel cuore di suo figlio bambino, aggrappato a una rete. Questo vide l'Elemira, e si portò una mano alla bocca per trattenere la sorpresa, voltandosi a guardare la Mara quasi per cercare in lei l'àncora di salvataggio a cui aggrappare l'emozione che la stava assalendo.

Beniamino in quel momento vide lo sguardo della madre annaspare in cerca di un attracco e capì che non sarebbero servite parole per raccontare quello che in tanti anni non erano mai riusciti a dirsi. Ma lui era finalmente in mezzo ai matti, a dividere con loro la propria vita, e non rinunciò a gettare fuori di sé quello che per troppo tempo l'aveva tenuto inchiodato alla finzione. E così, fingendo, fece parlare la propria sincerità:

«Prova a rompermi una gamba» disse al Malfatti che gli era vicino.

Il pover'uomo, intento a masticare i suoi petali di niente, non capì. Si fermò e rimase immobile a guardarlo.

«E che, Malfatti, non sei capace di spezzare una gamba a un cristiano?»

«Come ti fece il Castellucci, dottore?» intervenne Renzo Bardi. «Così!» urlò subito dopo, tirando un calcio nell'aria.

Beniamino rise.

Il Malfatti allora gli si portò di fronte e disse:

«Io una volta son caduto dal pero e mi son rotto le ossa.»

«Fammi vedere» gli chiese Beniamino, e il Malfatti prese una sedia e con quella s'aiutò a salire sul tavolo, il tavolo della cucina del Pianoro che smise d'essere un tavolo e diventò un pero di campagna.

«Sono sul ramo» diceva il Malfatti.

Attorno gli altri matti attenti lo seguivano.

«Che vedi da lassù, Malfatti?» chiese la Mita, come sempre curiosa.

«Vedo il manicomio.»

«C'è suor Delia?» domandò Giovanni.

«Il manicomio ha i muri alti e dentro non si vede.»

Da dietro gli altri sbucò il Cavani, lentamente.

«Guarda attraverso le finestre, ragazzo, prova a guardar dalle finestre.»

Il Malfatti si sporse dal ramo. La mano sulla fronte, sforzò la vista del suo sguardo puntato verso il muro.

«Fuma» disse.

«Cos'è, cosa?» chiesero quasi tutti in coro.

Il silenzio s'era posato sulla campagna, dentro la cucina, quasi a sottolineare gli sforzi dell'uomo che dall'alto del ramo cercava di distinguere qualcosa.

«Il manicomio fuma!» urlò poi, «è stato bombardato!»

Attorno scoppiò un giubilo di urla. Giovanni abbracciò la Mita, Bardi e Fosco battevano le mani. L'Elemira e la Mara s'abbracciarono e persino sul volto sempre serio del Bruni comparve un sorriso. Solo la Renatina se ne stette in disparte, guardando di sotto in su, non osando parlare.

Il Malfatti si sporse ancora un po' e poi si lasciò scivolare dalla sedia, cadendo a terra con un gran fragore. Disteso, si toccò la testa, poi un braccio:

«Ecco, così cascai dal pero e mi ruppi un braccio.»

Beniamino allora gli si portò vicino. Il suo passo era ancora più zoppicante del solito, un passo pesante, come se attaccato a una gamba avesse un masso di cento chili.

«C'è qualcun altro che s'è rotto qualche osso?» domandò.

«Mio padre m'ha rotto la testa con un bastone perché non gli rispondevo a modo» disse Giovanni.

«Fammi vedere come. Renzo, tu fai finta d'essere il padre di Giovanni.»

Renzo fece due passi verso il compagno, si tirò ben dritto sulla schiena, asciugò i palmi delle mani sui pantaloni, poi urlò:

«Pezzo di mota, è così che si risponde a tuo padre? Pum» fece calando il braccio verso la testa di Giovanni, che subito si prese il capo tra le mani e cominciò a emettere strilli e gemiti.

«A me m'ha rotto un braccio il Gozzoli, nello stanzone, quando mi strinse troppo le cinghie. Proprio qui» fece la Mita, lo sguardo serio e cupo.

«E t'ha fatto male?» disse Beniamino.

«Certo, e molto» rispose la donna, il volto imbronciato, quasi offesa.

«E come?»

La Mita rimase un po' in silenzio e poi, tenendosi il gomito stretto con una mano, si piegò su se stessa e cominciò a piangere e lamentarsi.

«Benissimo, miei mattocchi. Allora tutti quanti, con le ossa rotte, andiamo verso l'aia a portare fuori i nostri dolori» urlò Beniamino rivolto al gruppo e poi, girandosi verso la porta, cominciò a gemere e a piagnucolare, muovendosi con una camminata ancora più goffa e strascicata di quella che il Castellucci gli aveva regalato.

«E voglio che si veda che soffriamo. Voglio che si senta il male che fa l'osso quando si tronca in due pezzi. Dopo, sull'aia proveremo ad aggiustarle.»

«Ma noi non siamo dottori» disse la Renatina, preoccupata.

«Vorrà dire che oggi studieremo anche per quello» disse prendendo la donna sottobraccio.

Così, le lacrime agli occhi, l'Elemira vide suo figlio, bello, sciancato, mettersi alla testa di un gruppo di persone zoppicanti, claudicanti, malferme, che trascinando per finta la loro reale sofferenza, uscirono per cercare di disperderla all'aria e tra i prati del Pianoro.

Quella notte, arrivato il momento di coricarsi, la Renatina cominciò a piangere. Si bloccò sulle scale che portavano alle stanze di sopra, accoccolandosi su un gradino e iniziando a frignare senza una ragione apparente. La Marcella si precipitò a chiamare Beniamino che si era attardato fuori, con il Marzi, Renzo Bardi e Fosco. Era stata senz'altro una giornata diversa, strana e importante. Le paure di Beniamino, gettate tra i muri della cucina, erano inaspettatamente diventate il bandolo attorno al quale si erano arrotolate quelle degli altri, formando un gomitolo di emozioni, di parole, di gesti che avevano finito per alleggerirlo. L'Elemira, che subito s'era preoccupata per quel suo comportamento strano, quando la calma era ritornata dopo l'animazione della mattinata s'era avvicinata a lui e lo aveva abbracciato, l'aveva tenuto stretto a sé con gli occhi umidi per il pianto, e in quelle lacrime entrambi avevano finalmente provato ad affogare i sensi di colpa, una laurea svanita, un marito morto sopra una sedia e una gamba storpiata da un calcio.

E poi Renzo Bardi, con fatica e con frasi smozzicate, torcendosi le mani per un imbarazzo che lo dominava, aveva voluto parlare a Beniamino delle rose nella cucina che non c'erano, di come s'era preoccupato per quanto lui aveva fatto, perché aveva creduto che fosse diventato matto anche se lui era il loro dottore, e soltanto dopo un po' di tempo, quando il Malfatti era salito sul pero, aveva capito che si trattava di una specie di gioco e allora aveva voluto giocare anche lui allo zoppo, per provare il dolore per una gamba che si spezza, lui che in realtà le gambe ce le aveva sempre avute intere, gli aveva detto, alzando i pantaloni per mostrargliele con un certo orgoglio.

Così Beniamino ascoltava il Bardi e pensava che "gioco" era davvero la parola giusta, perché durante il tempo in cui aveva finto di mangiare le rose, in cui aveva aumentato di mille volte il peso della propria zoppia, in cui aveva scambiato gesti e parole con gli altri matti sull'aia, davvero gli era parso di giocare, di prendere le paure che lo avevano accompagnato fin da bambino per far con loro i quattro cantoni, per lanciarle e poi riprenderle, per romperle e ricomporle come in un mosaico, e finalmente vederle di fronte a sé molto meglio di quanto avrebbe potuto fare con un discorso. Prenderle dalle profondità di se stesso e metterle in mezzo, stuzzicarle e mostrarle a tutti, strapazzarle e arrotolarle, per recitare fino in fondo la parte del Beniamino che fino a oggi era stato.

Poi la Marcella era arrivata di corsa, trafelata, a dirgli della Renatina che s'era bloccata sulle scale senza dire una parola e senza volersi muovere. Allora s'era alzato dalla panchina dove s'era fermato a parlare col Bardi ed era andato a sedersi accanto a lei, sulle scale. La donna se ne stava rannicchiata, il capo chino, nascosto tra le ginocchia e coperto dalle braccia incrociate sulla testa, quasi una testuggine che si riparava dal resto del mondo.

Beniamino provò ad accarezzarla, ma come una tartaruga lei spinse ancora di più la testa tra le gambe. Allora le parlò sottovoce, lentamente, ma senza ottenere risposte che non fossero mugolii sommessi.

La guardò attentamente: un groppo annodato, sembrava, un riccio che si fosse chiuso a difendersi da tutto quanto le stava intorno, da qualcosa che dall'esterno la minacciava, qualcosa con cui non voleva avere alcun contatto. Una pena sincera lo colse: quell'essere indifeso cercava aiuto e rifugio. Avesse potuto, lei avrebbe scavato una buca nelle scale, nel pavimento, per calarsi dentro e scomparire. Quell'immagine lo riportò indietro nel tempo e vide se stesso bambino nei giorni d'autunno, quando il libeccio che soffiava dal mare arrivava forte fino in città a sconquassare l'ordine delle strade e delle piazze. Urlava, sbatacchiava le ante delle finestre, spezzava rami e alzava tegole in una sarabanda di rumori che lo atterriva. A quella paura lui rimediava infilandosi sotto le coperte del letto, tirando il coltrone a sigillare ogni spazio verso l'esterno e ricavarsi così una tana buia e nera che lo isolava dalla furia del vento, che presto si riscaldava e gli regalava sicurezza, come fosse dentro un abbraccio dell'Elemira.

In quel ricordo serrò gli occhi, li tenne stretti ad allontanarsi dal presente per rituffarsi sotto le lenzuola del suo vecchio letto. Tutto scomparve in un attimo nel buio, disperso dal nero in cui si era immerso, come da bambino, cancellando la Renatina e le scale del Pianoro, la Marcella e gli altri che gli stavano intorno.

Allora all'improvviso s'alzò, fece segno ai presenti di allontanarsi, poi corse in camera e prese un paio di lenzuola, scese di nuovo accanto alla Renatina e le posò un lenzuolo sopra, a coprirla interamente. E così fece con se stesso.

«Nascosto dal buio nessuno potrà vedermi» disse.

«Nel buio sono al riparo, nessuno mi può vedere» ripeté.

Sotto il lenzuolo la Renatina si mosse.

«Nascosto nel buio sono libero» Beniamino disse, «libero di fare tutto quello che alla luce adesso non farei.» Poi cominciò a fischiettare.

La Renatina sciolse le braccia che le riparavano la testa e la alzò, guardandosi intorno. Si vide immersa in una penombra che la avvolgeva come cotonina. Nient'altro si vedeva. Nient'altro c'era. Sentiva da qualche parte la voce di Beniamino che ogni tanto parlava, e qualcuno che fischiettava una canzoncina. Dentro quella bambagia allora lasciò andare un lungo respiro, una profonda scia d'aria che si portò via un bel pezzo del tormento che la rodeva.

A volte tutto le stava addosso. Troppe cose si affollavano intorno. Troppi occhi, troppe mani, troppe parole, troppi suoni. Anche il Pianoro, che pure era bello, aveva troppi colori e troppa gente. Anche la casa dei matti aveva troppa gente, ma almeno là c'erano angoli dove si poteva nascondere al riparo dei muri, dispersa tra la monotonia dei mattoni e l'ampiezza degli stanzoni, senza nessuno che si interessasse di lei. Invece al Pianoro questo era impossibile, anche se c'erano meno matti e non c'erano sorelle. Perché era piccolo, e nella cucina, anche se si era in meno che al manicomio, si era in tanti lo stesso. Alla Renatina troppa gente metteva paura e anche le troppe cose che i matti dicevano mentre si mangiava o giù nell'aia, nel pomeriggio, durante le passeggiate. E nelle camere si era in pochi ma vicini e non confusi nello spazio degli stanzoni. E allora lei non sarebbe più salita in camera, perché quando c'era troppa gente e troppe parole alla Renatina si chiudeva la gola, le veniva pesante il respiro e tutto le girava intorno.

Però adesso, al riparo della bambagia tiepida in cui si trovava, poteva finalmente respirare più liberamente, ascoltare con tranquillità la canzonetta che qualcuno stava fischiettando e la voce del dottor Beniamino che ogni tanto diceva qualcosa. A lei piaceva ascoltare. Le piaceva anche osservare, ma non quando c'erano troppe voci o troppe persone che si muovevano. Come quella mattina, quando nella cucina tutti s'erano messi a masticare le rose. Troppe bocche e troppe rose. E poi erano usciti sull'aia zoppicando a parlare e a giocare, a cantare e raccontarsi storie. Anche lei avrebbe voluto parlare e cantare. Ma c'erano troppe persone che parlavano, troppe che cantavano, e lei se n'era rimasta accucciata, chiusa dentro se stessa a ripararsi da quella pioggia.

Ora però era finalmente sola, senza nessuno che la guardasse, solo qualcuno che fischiettava e la voce di Beniamino che diceva ogni tanto qualcosa. Allora tirò un po' più su la testa, fece un lungo respiro e cominciò a cantare la canzone che la nonna le canticchiava da piccola per addormentarla:

Rena renella
piccola e bella
spiaggia dorata
sabbia bagnata
fammi dormire
cantane una
prendimi in grembo
sotto la luna.

Cantò per un po', la Renatina, e mentre cantava sentì il respiro farsi largo e qualcosa di urgente crescerle in petto, qualcosa che la obbligava a gettare fuori di lei sempre più forte la voce, a trasformare l'andare gentile di una ninna nanna in un canto che parola dopo parola diventò un grido, un urlo disperato e felice che al riparo da troppi occhi e troppe voci riuscì a liberare sotto il buio del lenzuolo, sulle scale del Pianoro e da lì, finalmente, nel mondo.

Da sotto il suo lenzuolo Beniamino sentì la voce della Renatina canticchiare una canzone. Era una filastrocca dolce, forse una ninna nanna, poche strofe che lei andava ripetendo ormai da qualche minuto. Ma ad ogni strofa il canto si faceva più forte e più sicuro, fino a diventare un urlare deciso e potente. Nessuno, in quel momento, avrebbe riconosciuto in quello sbraitare la voce dello scricciolo timido e remissivo che la Renatina sembrava.

Beniamino ebbe un sussulto di timore, come se avesse avuto la sensazione, tremenda ed esaltante allo stesso tempo, d'aver provocato qualcosa di delicato, di magico e potente. Pensò per un attimo a Rattazzi e la preoccupazione si distese. Allora rifletté su quel giorno indimenticabile. Dopo che avevano liberato la paura giocando a trascinarsi in giro con le ossa rotte, aveva chiesto ai matti di sedersi in circolo, sul prato. C'era stato un momento in cui, nel vederli tutti insieme, impegnati a interpretare con gesti e con parole il dolore che li attraversava, s'era sentito felice, come se si fosse trovato in un paese straniero, con persone che parlavano una lingua strana, che spesso non si capivano tra di loro, eppure si sforzavano, tentavano, accavallavano le voci, inciampavano sulle frasi, iniziavano qualcosa e poi si interrompevano. Un paese straniero e affascinante, nel quale, proprio come in un viaggio, a ogni angolo c'erano avventura e bellezza, rischio e divertimento.

Così aveva provato dentro di sé una forza nuova, un buonumore, e all'improvviso gli era davvero venuta la voglia di partire, di prendere i suoi matti e andarsene da qualche parte. Come se si trovasse in cima a una discesa e si lasciasse andare finalmente a correre senza zoppicare, aveva detto:

«Adesso faccio quello che parte, che se ne va di qui a vedere cosa c'è lontano da qui, su e giù per i posti e per il tempo, a immaginarsi magari com'era il Pianoro prima che arrivassimo noi, dieci anni fa. Cento anni fa.»

«Io non mi voglio muovere di qui» aveva ribattuto Renzo Bardi, imbronciato.

Beniamino l'aveva guardato: le labbra di Renzo tremavano, come fossero sull'orlo del pianto. Un bambino pareva, un bambino al quale qualcuno minacciasse di portare via un giocattolo caro.

«Hai ragione, Renzo. Qui al Pianoro si sta proprio bene, come signori.»

La Mita, a quelle parole, aveva lasciato andare una risata.

«La mia nonna diceva sempre così quando finiva di mangiare.»

«Così come?» l'aveva spronata allora Beniamino.

«Abbiamo mangiato come dei signori, diceva. Abbiamo mangiato proprio come dei signori», e intanto, dritta e rigida, gonfiava il petto a mimare un'aria di soddisfazione. Le risate e i commenti piovvero subito e avvolsero anche Renzo Bardi come una sciarpa calda. Beniamino lo vide stirare un debole sorriso e poi, come in un rigurgito di liberazione, lasciare andare un lungo soffio di respiro.

«Ma se ci avete sempre avuto le pezze al culo» stava dicendo intanto acido il Malfatti.

La Mita s'era imbronciata, aveva guardato in tralice il Malfatti con una mirata cupa che non lasciava presagire niente di buono. Beniamino se n'era accorto e aveva deciso di intervenire:

«Perché dici questo, Malfatti?»

L'uomo, il volto rosso, aveva allungato la mano verso la Mita:

«La conosco la sua famiglia. E conosco chi ha le pezze al culo.»

«Perché, com'è uno che ha le pezze al culo?» aveva chiesto Beniamino, e il Malfatti allora aveva rallentato il suo solito tremare, s'era guardato un po' attorno come per accertarsi che tutti lo stessero osservando e poi s'era slacciato il gilet tirando fuori la camicia dai calzoni e storcendo i piedi all'interno, allungando la mano verso Beniamino come a chiedere l'elemosina.

«Così fanno, così fanno» intanto andava dicendo. Storto e strapazzato, gli occhi strabuzzati, s'era impegnato in un passo strascicato che l'aveva reso davvero ridicolo. Subito Fosco e Renzo Bardi erano scoppiati a ridere, seguiti dalla Mara che stava osservando la scena appoggiata allo stipite della porta, e persino dal Bruni, che per l'occasione aveva rotto la sua consueta maschera di serietà con un sorriso.

La Mita, che era rimasta col capo chino e offeso, di fronte alla reazione divertita dei presenti aveva abbandonato il broncio e aveva cominciato a ridere anche lei. Poi s'era alzata e s'era messa di fronte al Malfatti.

«Anch'io ho le pezze al culo», e così dicendo aveva mostrato a tutti la sottana che l'Elemira le aveva rimediato e che in effetti aveva una larga toppa cucita sul fianco.

Poi s'era piazzata in mezzo al circolo e s'era guardata intorno come per accertarsi che tutti la stessero ascoltando:

«Mio padre era un re, proprio come il Duce» aveva detto in un tono grave. «E io una principessa, perché lui non voleva che gli altri mi toccassero e mi teneva chiusa nella casa del Montaio, dentro la stanza dietro la stalla.»

Aveva scosso la testa, la Mita, come annuendo a se stessa.

«Io ero la principessa della casa del Montaio» aveva ripetuto, il capo alto, lo sguardo fiero, dritto a guardare intorno.

Beniamino l'aveva osservata. La casa del Montaio gli era apparsa di fronte, e con quella la figura del padre della Mita, il Cesco Mori che tutti, nelle campagne lì attorno, temevano e tenevano lontano.

«Tuo padre era il Duce» gli era venuto da dire a voce alta.

La Mita allora s'era messa in mezzo al circolo dei matti, le mani sui fianchi proprio come il Duce, aveva cominciato a dare ordini a destra e a sinistra:

«Vai a mungere, in fretta» aveva urlato verso la Renatina.

Poi aveva guardato il Cavani:

«Ti spacco la testa, porco di uno.»

«Voglio la minestra in tavola, e guai a chi fa volare una mosca» aveva detto battendo il pugno sopra un immaginario tavolo.

Giovanni allora s'era alzato dal suo posto:

«Rispetta il padre e la madre» aveva detto, il dito alzato verso il cielo.

La Mita non l'aveva degnato d'attenzione e anzi, le lacrime agli occhi, aveva rinvigorito i suoi comandi, ch'erano diventate vere e proprie urla.

«Il padre comanda» aveva proseguito estatico Giovanni. «Ordina. Dirige. Prescrive. Uccide.»

Quindi, dopo un lento segno della croce, aveva cominciato una sorta di preghiera profonda, borbottata a mezza voce.

Beniamino intanto guardava. Sullo sfondo del Pianoro, proprio come in un teatro, i matti stavano mettendo in scena le proprie vite, lasciavano girare per l'aia le parole e i gesti, li raccoglievano, li urtavano, li mangiavano proprio come i petali delle rose, e questi spandevano finalmente il loro sentore fatto di sofferenza e di smarrimento, di un agire che, proprio come quello degli attori, era soprattutto un disperato bisogno d'amore.

Seduto sulle scale, sotto il suo lenzuolo e con i berci della Renatina che ormai s'erano fatti sguaiati, Beniamino allora decise di raccogliere quelle grida e di farsi anche lui parte di quella rappresentazione. Tirò dentro di sé più aria che poté e poi la lasciò andare in un canto balzano, in una ridda di suoni nei quali mise il rumore della sua gamba che si spezzava, la faccia dell'Ignazio sorpresa dalla morte, i seni della Marcella, le mani dell'Aida, il puzzo dei cameroni del manicomio, le lacrime dell'Elemira, la laurea, il muro di mattoni marroni, il magazzino dei tessuti, le ultime parole di Rattazzi che lui non aveva compreso.

Allungò un braccio fuori dal lenzuolo e tirò a sé la Renatina e insieme cantarono e berciarono finché la stanchezza e la soddisfazione non arrivarono e lui sentì il corpo minuto della donna distendersi lentamente sotto la protezione di cotone che le aveva regalato, e alla fine abbandonarsi alla tranquillità di un riposo buono per affrontare la notte.

Mano nella mano, Beniamino e la Marcella s'incamminarono lungo la strada dei Prati, il silenzio intorno interrotto soltanto dal crocchiare del ghiaino sotto i loro passi. Erano immersi ciascuno nei propri pensieri, due isole separate che galleggiavano nell'aria morbida del tramonto, portate alla deriva dall'incedere calmo sopra una strada di campagna. Eppure il filo dell'amore li teneva uniti, molto più della stretta di mano con la quale collegavano i loro corpi. Entrambi pensavano al tempo, a come fosse strano ed elastico lo scorrere delle ore, il susseguirsi degli attimi, e al tentativo degli uomini di trovare convenzioni per misurarlo contando le volte in cui il sole sorgeva e calava, consultando orologi e calendari.

Il tentativo di dare un equilibrio al tempo si infrangeva contro l'emozione che il susseguirsi dei fatti, degli avvenimenti, dei pensieri stava lasciando dentro di loro, in un caos che sfuggiva ad ogni sistemazione. Le poche settimane che erano trascorse dall'arrivo al Pianoro sembravano allora mesi o addirittura anni e il ritmo con cui il tempo scorreva era molto più rapido del loro incedere calmo, segnato dal rumore dei passi sulla strada.

Troppe cose erano accadute dal momento in cui Rattazzi aveva organizzato il trasloco del manicomio e ognuna di esse stringeva e allargava il tempo, si stendeva in una melassa collosa o si bruciava nella folgore di un attimo. I momenti dell'amore, per esempio, erano secoli di respiro profondo, distese d'acqua sulle quali lasciarsi trasportare senza fretta, senza fatica.

Le ore passate a vegliare il corpo immobile di Rattazzi, invece, erano stati mesi e anni, nei quali il dolore si era intrecciato con la preoccupazione e la paura, il futuro era diventato marmo. E così, i giochi in cui Beniamino stava imparando a lasciar andare libere le vite dei matti del Pianoro potevano essere insieme un attimo veloce, consumato in un sorriso di Fosco o nel ritmo elegante dei versi recitati da Cavani, come, al contrario, diventare il lungo e rallentato ansimare fatto dai ricordi della Mita che si inceppavano, o il vicolo cieco imboccato da Giovanni sempre alle prese con il suo Dio, o il gesto che feriva a morte il Malfatti e lo obbligava a richiudersi in un dondolio ossessivo.

Anche tra Beniamino e la Marcella il tempo rallentava e accelerava, si prendeva larghi spazi fatti di sorrisi strappati al lavoro che li impegnava durante la giornata, cosicché uno sguardo attraverso una finestra o un gesto di una mano era un lampo di calore nel cuore, che allontanava stanchezza o paura. I momenti di pausa, poi, le ore rubate alla notte, le sere in cui, quasi per magia, il silenzio calava sul Pianoro anche soltanto per un breve minuto, parevano invece lunghe tregue fatte di respiro piano, di una tranquillità che poteva persino sembrare infinita, ma che era labile quanto la fiamma di un fiammifero al vento.

Camminando verso i Prati, Beniamino e la Marcella stavano consumando questo tempo, precario ed eterno, attraversando un'immobilità che pareva di sogno. Visti a volo d'uccello, così come avrebbe fatto Fosco nel gioco della sua follia, sarebbero apparsi come due piccole barchette, e la strada di ghiaino la scia del loro navigare, attraverso il mare d'erba dei colli che li circondava, con il loro amore, la loro speranza, la vita, mentre la guerra stava arrivando.

Andavano come due barchette solitarie, dunque, e in quel loro andare tranquillo, chiuso tra i pensieri e l'amore, arrivarono di fronte alla piccola cappella, proprio prima che la strada iniziasse a salire verso i colli dei Prati.

Entrarono e il rumore dei loro passi infranse il silenzio che regnava tra i muri. Una lama di luce entrò con loro, attraversò la porta semiaperta e tagliò la penombra in cui stavano quattro banchi e un'acquasantiera, illuminando la parete sopra il piccolo altare. I raggi dell'ultimo sole rivelarono allora su quel muro un affresco. Beniamino e la Marcella rimasero stupiti, colpiti dalla sua bellezza, dall'armonia dei colori, dalla pace che quel dipinto emanava. Due angeli tenevano sollevata una cortina di tende, presentando così la maestà di una madre, di una Madonna che teneramente mostrava la propria gravidanza. Una mano posata sul grembo, a proteggere la dolcezza di un figlio, l'altra appoggiata sul fianco, a bilanciarne il peso di carne.

Rimasero in silenzio, Beniamino e la Marcella, storditi da uno stesso, identico sentimento che l'affresco fece emergere in loro, come se in fondo quell'epifania fosse stata dipinta proprio per loro due, fosse lì da chissà quanto tempo ad aspettarli.

Nessuno dei due parlò. Soltanto, la stretta delle loro mani si fece più forte e l'emozione, infine, spinse uno tra le braccia dell'altra, come a gioire e allo stesso tempo ripararsi da quella scoperta. Fu così che Beniamino capì che sarebbe stato padre e la Marcella sentì con certezza di avere una vita dentro di sé, proprio come se quei due angeli avessero sollevato il velo su di lei.

Stretta tra le braccia di Beniamino, si abbandonò all'emozione di quella rivelazione, all'orgoglio di racchiudere il frutto dell'amore che li univa, il succo dell'abbraccio che adesso la teneva e nel quale avrebbe voluto sciogliersi per fuggire da tutto quanto li minacciava. Dall'alto della parete, lo sguardo di un'altra donna la fissava e lei lesse, nella maestà che essa trasmetteva, la responsabilità che la cognizione d'esser madre comportava, l'essere origine, e rifugio, e mare di qualcosa di cui non conosceva forma e destino e che pure, nell'attimo in cui ne aveva compresa l'esistenza, le era parso troppo grande e bello per essere contenuto da lei.

Abbracciata al suo amore, aggrappata allo sguardo che la fissava dalla parete, la Marcella sentì sfaldarsi e svanire l'involucro del proprio corpo, la materia di carne che aveva sempre avuto certezza fosse la sua esistenza concreta e in quell'istante desiderò di essere come uno dei matti del Pianoro, di avere il coraggio di piantare le gambe in mezzo al pavimento della cappella e rimanere ferma, immobile, al riparo di quelle quattro mura e dello sguardo che la vegliava da sopra l'altare, ad aspettare per mesi che quel nocciolo di vita maturasse dentro di lei, lontano da quello che stava al di fuori, appena oltre i tre gradini che salivano alla cappella.

E Beniamino, allo stesso modo, si lasciò andare alla corrente del desiderio della Marcella, a una felicità che scoppiava dentro di lui e a un timore profondo, angosciante, per quanto il figlio che ormai li univa avrebbe dovuto passare nel venire al mondo, in quel mondo.

Rimasero ancora stretti nell'abbraccio per un po', constatando come l'elasticità del tempo, in quei brevi minuti che erano trascorsi, avesse sottratto loro una vera eternità, cosicché, quando si decisero a uscire, sentirono chiaramente di essere cambiati, come se fossero trascorsi anni.

Forti di questa nuova condizione ricominciarono a scendere, e soltanto quando intravidero la casa del Pianoro tra i cipressi, la Marcella si fermò, prese il volto di Beniamino tra le mani e ruppe il silenzio che fino ad allora li aveva accompagnati:

«Ho paura» disse.

Avrebbe voluto rassicurarla, Beniamino, così come aveva saputo fare quando, dopo la morte di Rattazzi, gli sguardi della gente del Pianoro si erano aggrappati a lui in cerca di aiuto. Con il coraggio dell'incoscienza, allora si era gettato nell'onda di un sentimento che proprio Rattazzi gli aveva lasciato in eredità, nella confusione di qualcosa che non gli aveva mai rivelato compiutamente, ma che stava nel coraggio di giocare con la vita, di mescolare le carte, di credere ai sogni e di impazzire, se necessario.

Avrebbe voluto trovare parole precise, suadenti, qualcosa che proteggesse e tranquillizzasse la Marcella, il loro amore e quanto il loro amore aveva suscitato, ma dal punto in cui si trovava si cominciavano a sentire chiaramente le voci dei matti, il rumore del camion del Marzi che stava arrivando e, in lontananza, il picchiare della zappa dell'Elemira che lavorava nell'orto, e ognuna di quelle voci, ogni pezzetto di quel rumore, ogni scorcio di quanto stava vedendo portava con sé immagini e ricordi, idee, pezzi di frasi, colori e odori che non avevano altra ragione se non quella di essere là, ancora vivi e liberi, pronti ad essere accolti da lui o da lui essere rinchiusi, proprio come possono fare i dottori con le vite dei matti, dentro un manicomio.

«Anch'io» le rispose allora sorridendo, prendendo le sue mani e baciandole con la tenerezza con la quale avrebbe baciato quelle del figlio che se ne stava nascosto dentro di lei. E poi la riprese per mano come fosse una compagna di giochi, come fossero bimbi, e da bimbi fecero l'ultimo pezzo di strada di corsa e urlando e facendo versi strambi, Beniamino trascinando la sua gamba zoppa, la Marcella con la gonna che svolazzava come una bandiera, e tutti e due lanciando nell'aria del Pianoro parole senza altro senso se non quello di lasciar andare libera la paura che fino ad allora li aveva accompagnati, a rotolare lungo il prato, giù fino alla casa e oltre, che se ne andasse per la strada della chiusa, verso la città da dove si vedeva arrivare il camion del Marzi.

Arrivarono al Pianoro, dunque, con l'allegria che s'erano portati dietro correndo, come fosse polvere trascinata dal vento che erano stati in quella loro corsa, e così la sparsero tra la loro gente a ridere, a scherzare, a rincorrersi in una leggerezza che dimenticava il buio, che allontanava dal pensiero di quanto stava accadendo appena oltre la collina, neanche quel luogo fosse un'oasi intoccabile, paese di un altro mondo.

E ancora un rimasuglio di quell'allegria rimase attaccato a loro, quando si sedettero al tavolo per la cena che l'Elemira e la Mara avevano preparato, e proprio la leggerezza spinse la Mita a mettere in fila le sue parole senza senso, ripetute e strambe proprio come lei, nenie e filastrocche che tennero vivo il buonumore di tutti.

Spinto da quell'atmosfera, Fosco prese coraggio, uscì dal suo guscio e si alzò da sedere, timido, spaurito, a chiedere attenzione.

«Dottore» poi disse sottovoce rivolto a Beniamino, «ho una storia, storia. Da raccontare. Una storia, ché una storia va raccontata se no sta chiusa come noi matti, e non mi piace.»

Beniamino lo incoraggiò, fece fare silenzio alla truppa, poi, ancora, lo invitò:

«Forza allora, ché il Pianoro non ha le muraglie, e le storie le possiamo far andar per i prati, tra i tavolini e i piatti.»

Fosco si guardò attorno, si torse le mani per l'imbarazzo, intimorito dalle esclamazioni dei presenti, finché, ancora sollecitato da Beniamino, cominciò a raccontare, lo sguardo fisso sul suo dottore.

«C'era un fiume» disse, «e vicino a questo fiume, sai, dove c'è l'acqua e tanta, che scorre piano prima di buttarsi nel mare» disse allargando le braccia come a contenere l'infinità di un oceano, mentre le sue labbra imitavano lo scroscio dell'acqua, «vicino a questo fiume ci stavano dei pescatori, pescatori pescatori, di quelli che tirano su i pesci e poi li danno a vendere. Gente che non aveva vizi, come noi» disse ridendo, «che aveva fame, che se ne stava a pescare e a vendere il pesce pescato. E a mangiarlo. In compagnia, a bere e a pescare. E a vendere il pesce pescato. E poi anche cacciavano, ché tutto intorno c'erano paludi piene di uccelli, e fagiani e papere.»

Fosco si fermò, le mani unite, in sospensione, a guardare l'uditorio che ormai s'era zittito e immobile aspettava che lui continuasse.

«Bene. Un giorno, da quelle parti, in quella compagnia, capitarono due ragazzi stranieri, che venivano d'un posto che non saprei, ma lontano lontano, con altri nomi, altri modi e un'altra lingua. Diciamo che erano tedeschi. Andavano in giro a vedere il mondo e capitarono su quel fiume, in quella compagnia.»

«Erano tedeschi di quelli cattivi?» domandò la Mita.

«Erano tedeschi e basta, come potevano essere francesi» rispose Fosco un po' seccato, poi continuò.

«Potevano essere quel che erano, ma quello che ci importa è che con loro avevano una paperella, una paperella piccola e tenera che li accompagnava nei loro viaggi. Piccola e tenera» sottolineò tenendo le mani vicine a formare una piccola palla, mentre la Renatina si stringeva tra le braccia un'immaginaria papera, sorridendo.

«I pescatori li accolsero, si misero tutti intorno a un tavolo, attorno a un tavolo» ripeté Fosco guardando incerto intorno e sbottando poi felice d'aver trovato un buon esempio, «come siamo noi ora qui al Pianoro, come il tavolo del Pianoro dove si può mangiare e bere, e allora anche loro mangiarono e bevvero e fecero festa ai tedeschi o ai francesi che erano» concluse alzando le mani al cielo in segno di giubilo, imitato da alcuni dei suoi ascoltatori che subito lanciarono urletti di gioia e risa, finché l'Elemira, la Marcella e Beniamino non riuscirono a riportare un po' di silenzio.

«Ma succede che la festa distrae le persone. Che uno, i suoi pensieri e le sue cose se fa festa se le dimentica» disse con lo sguardo incupito, la voce grave.

«Stavano a mangiare e a bere, a raccontare storie e a fare festa e così anche i tedeschi non s'accorsero che la paperella se n'era andata in giro a vedere il posto dov'era capitata, così come avevi fatto tu» disse indicando la Mita, «il giorno che siamo arrivati qui e te ne sei andata per l'aia e giù per i campi oltre il magazzino a vedere com'era fatto il Pianoro.»

«Ma la trovarono la paperella?» disse con l'ansia nella voce la Renatina, seguita da Giovanni che si associò con foga alla domanda, cosicché Beniamino e gli altri dovettero faticare non poco per riportare la calma, per assicurare che, se lo avessero lasciato parlare, Fosco avrebbe spiegato a tutti le sorti della paperella.

Fosco dal canto suo continuava a starsene dritto, rinfrancato dall'interesse che la sua storia stava suscitando tra i presenti e persino inorgoglito dal sostegno che il professor Cavani gli stava fornendo con un paio di versi latini sui meriti e i difetti della festa.

«La cercarono. I due tedeschi francesi la cercarono come il dottore e il Marzi e gli altri vengono a cercare noi quando ci allontaniamo dal Pianoro, anche se non siamo paperi» quasi urlò.

‹Erano preoccupati. Andarono in giro a chiedere a tutti e avevano la faccia impensierita per la loro paperella, ma nessuno l'aveva vista.»

Attorno al tavolo era calato il silenzio e l'apprensione era palpabile, tanto concreta che Fosco fu spinto a continuare su quel tasto.

«Persino piansero» disse, «e mostrarono a tutti una fotografia della paperella per vedere se qualcuno la riconosceva, e promisero favori e soldi a chi gliela riportava.»

«Bene» puntualizzò soddisfatto nel silenzio della cucina.

«Arrivarono anche dai loro amici pescatori pescatori e loro li accolsero come si fa con gli amici e anzi gli offrirono una cena con il pesce e con la cacciagione che avevano appena cacciato e insieme se la mangiarono ascoltando la storia della scomparsa della paperella.»

A questo punto Fosco si fermò, si guardò intorno, attese ancora un momento nella sospensione delle parole, poi, molto più lentamente, come a rivelare un segreto continuò:

«Poi i due tedeschi tirarono fuori la fotografia, ché uno di loro ce l'aveva in tasca, così la tirò fuori e fecero vedere la loro paperella ai pescatori» disse estraendo dalla sua tasca un'immaginaria fotografia, portandosela davanti agli occhi e rimanendo a fissarla per un buon lasso di tempo.

«Uno dei pescatori, allora, cominciò ad avere un dubbio» fece quasi sottovoce, obbligando i presenti a sforzare l'udito.

«Perché la mattina, lui, aveva cacciato una papera strana, di una qualità che non aveva mai visto lì, e che sembrava quella della fotografia e che poi avevano cucinato e mangiato, e offerto ai tedeschi.»

«Mio Dio!» esclamò Giovanni, mentre la Renatina si metteva le mani di fronte alla bocca, atterrita dall'idea di quel pasto.

«Ma un pescatore o un cacciatore non ha colpa. Caccia, pesca poi mangia il pesce o il fagiano, non può sapere se lo conosce qualcuno» tentò di spiegare Fosco, «e questo pescatore cacciatore che aveva la foto in mano capì che forse aveva fatto un dispiacere ai tedeschi, anche se lui non aveva colpa.»

Un brusio di parole coprì quell'ultima frase, e in mezzo alle parole si poteva sentire il singhiozzare commosso della Renatina e il bisbigliare della Marcella che tentava di consolarla.

«Un pescatore non ha colpa se non che deve pescare, ma non vuole mica far del male al padrone dei pesci o delle paperelle» continuò con foga il ragazzo.

«E poi quel pescatore cacciatore lì si accorse che i due tedeschi erano tristi e che lui senza saperlo gli aveva fatto un torto, e anche io a mio padre una volta avevo fatto così» quasi urlò Fosco guardando dritto in faccia Beniamino, che annuendo lo invitò a proseguire.

«Comunque ascoltate» gridò ai presenti, che subito tacquero.

«Lui si accorse che era stato poco gentile e lo disse ai suoi amici, e insieme pensarono una cosa, come io quando mi tagliai sul braccio per farmi perdonare dal babbo» disse rialzando la manica destra della camicia e mostrando la cicatrice che straziava il suo braccio, dal polso fino al gomito.

«Ché un sacrificio va fatto per rimediare ai dispiaceri. Va fatto qualcosa per difendere l'amicizia, e l'amore, anche un omaggio o un favore, così da rimettere a posto le cose e non avere più brutti pensieri, e brutti sogni, e voci che ti obblighino a pentirti di quello che tu non volevi fare, ma comunque l'hai fatto» disse Fosco quel giorno dritto davanti al tavolo, le lacrime agli occhi offerte al Pianoro.

«E allora anche quei pescatori cacciatori, che pescavano e vendevano il pesce, e lo mangiavano, e mangiavano i fagiani e le papere che catturavano perché avevano fame e quando uno ha fame deve mangiare, così come quando io ho sonno poi dormo, fecero un sacrificio. Quei pescatori cacciatori andarono in città, nei negozi dove si vendono le paperelle e ne comprarono qualche coppia e poi le liberarono attorno al fiume, dove loro vivevano, e giurarono che non avrebbero più mangiato paperelle, anche se avevano fame» sottolineò con la voce rotta, «e tra le sponde di quel fiume, se ci andate anche adesso, troverete un monte di paperelle che vivono tranquille, felici e amiche dei pescatori cacciatori di là.»

Come se avesse fatto una fatica enorme, rosso in volto e sudato, Fosco s'asciugò con il braccio le lacrime dagli occhi e con la bocca che ancora tremava si sedette ad ascoltare il silenzio nella cucina.

Il silenzio nella cucina venne interrotto dal rumore degli automezzi che scendevano dalla strada della chiusa. La Mara, mentre con uno strofinaccio stava asciugando i bicchieri, vide la colonna imboccare l'ultimo tratto prima della casa del Pianoro e lanciò un grido:

«I tedeschi!» urlò con voce disperata.

Beniamino, prima ancora di gettare uno sguardo dalla finestra, scambiò un'occhiata con il Marzi. Fu un guardarsi secco e veloce, che pure conteneva la consapevolezza del pericolo che stava giungendo. Le tante supposizioni che per giorni avevano formulato a mezze frasi, accennato, sfiorato senza mai avere il coraggio di affrontarle ora si presentavano alla porta del Pianoro.

Ancora una volta Beniamino sentì mordere dentro di sé l'antico senso di impotenza che rischiava di trasformarsi in paura. Assieme, in quei brevi attimi, si mescolarono il volto dell'Ignazio e i libri di medicina lasciati a prendere polvere sulla scrivania, la laurea alla quale aveva rinunciato e il rumore della sua gamba che si spezzava, gli occhi della Marcella appesi ai suoi e lo sguardo maestoso della Madonna che presentava a loro la propria gravidanza. E le corse di Fosco nel cortile a inseguire gli stormi di uccelli, la musica dei versi di Cavani, il profumo delle rose del manicomio e le ultime, incomprensibili parole che Rattazzi gli aveva bisbigliato negli orecchi.

Tutto si confuse rapidamente dentro di lui e quasi gli provocò una vertigine, una marea che stava per sommergerlo e affogarlo. Fu la voce della Renatina a scuoterlo, una corda di salvataggio alla quale Beniamino si aggrappò per tirarsi fuori dal gorgo che lo stava risucchiando e tornare finalmente in mezzo alla cucina del Pianoro, tra i suoi matti, la Marcella e l'Elemira, il Bruni, il Marzi, la Mara, ad affrontare la guerra che arrivava.

«Sono venuti a cercare la loro paperella?» gli domandò la Renatina.

Furono poche parole, una richiesta espressa con un'ingenuità che, così gli parve in quel momento, era l'unica fuga sensata dalla gabbia in cui erano costretti a stare. Poche parole che adesso lo obbligavano a rispondere.

«Forse, ma noi non abbiamo nulla da temere perché paperelle non ne abbiamo mai mangiate» le rispose sorridendo, stringendola tra le braccia; e mentre la serrava per rassicurarla e difenderla, e tenerla al riparo da quello che lei non riusciva a vedere, Beniamino si accorse che stava allo stesso tempo rinfrancando se stesso, e che proprio in quell'abbraccio, nelle parole della Renatina, nella realtà che se ne stava lontana dalla sua testa, anche lui avrebbe potuto trovare conforto e rifugio.

Così si sentì rincuorato e, forte di questo, disse a

tutti di stare tranquilli, di lasciar parlare lui solo, e poi, affidando la Renatina al Marzi e al Bruni, li pregò di portare i matti nelle stanze e di rimanere con loro. Quindi uscì sull'uscio, ad accogliere i soldati che ormai erano arrivati sull'aia.

Dalla prima macchina scese un ufficiale, la sigaretta in bocca e un frustino tra le mani, e dietro a lui Beniamino riconobbe la figura familiare del Castellucci, nella sua divisa di fascista. Un brivido lo attraversò e quasi sorrise al pensiero di quanto buffo e imprevedibile fosse il destino.

«Chi è il responsabile qui?» domandò il militare.

«Io» rispose con decisione Beniamino.

«E voi chi siete?» replicò l'altro con un tono duro.

«Il dottor Rattazzi. Il manicomio mi ha affidato i pazienti sfollati qui al Pianoro» disse Beniamino, lo sguardo fisso sugli occhi del Castellucci.

«Bene, dottore» continuò il tedesco «stiamo rastrellando la zona, cercando banditi. Spero bene che non stiate nascondendo nessuno.»

«Nessuno» fu la risposta.

L'ufficiale batté il frustino sul suo fianco.

«È quello che vedremo» disse facendo un cenno ai soldati di avvicinarsi alla casa. Poi, mentre già si avviava all'entrata, si fermò di fronte a Beniamino e gli soffiò sul viso una nuvola di fumo:

«Ai poderi di Maiano, dove hanno messo altri dei vostri pazienti» disse calcando la voce sull'ultima parola, con un accento duro di disprezzo, «abbiamo trovato anche un paio di giudei, e purtroppo abbiamo dovuto fucilare qualche persona. Spero che qui non abbiate dato ospitalità a nessun ebreo.»

Lo sguardo del tedesco lo stava fissando, gelido.

«Nessuno» ribadì Beniamino secco.

«Allora sarà tutto molto semplice» concluse l'altro e oltrepassò la soglia.

Beniamino stava per seguirlo quando la mano del Castellucci lo bloccò.

«Dottor Rattazzi, è un piacere conoscervi» gli disse a mezza voce, con un tono chiaramente ironico.

«Mi hai già preso una gamba e la laurea, vuoi anche prendermi la vita?» gli rispose duro Beniamino, scostando la mano dell'altro e avviandosi verso la cucina.

Dentro, il fuoco della paura lo stava divorando. Aveva risposto di impulso, gettando addosso al vecchio amico il peso di sentimenti che si erano annodati per anni nel suo animo. Aveva gettato fuori quelle parole come un urlo, la pretesa sacrosanta di un risarcimento, qualcosa con cui il suo sacrificio potesse essere ripagato: il silenzio.

Dunque, nei pochi secondi che impiegò per raggiungere l'ufficiale tedesco nella cucina del Pianoro, Beniamino ascoltò quel silenzio, lo toccò con tutta la delicatezza possibile, quasi lo alimentò col desiderio, consapevole che era il primo gradino sul quale costruire la possibilità di proteggere la sua gente, di essere uomo e dottore. Lo pregò, lo adorò, lo alimentò come il fuoco di un braciere, finché arrivato in cucina, voltandosi verso il Castellucci, lo vide fermo, immobile, a ricambiare il suo sguardo con una smorfia dalla quale capì che non avrebbe rotto quel silenzio saldando finalmente l'antico debito.

L'ufficiale intanto, con pochi ordini urlati nella sua lingua, aveva sguinzagliato i soldati per la casa e s'era infine seduto alla tavola della cucina.

«Dottore, vi prego» disse rivolto a Beniamino, «fate la vostra parte di ospite garbato. Fate servire qualche bicchiere del vostro buon vino di qui e accomodatevi con me a scambiare due parole.»

Beniamino rimase immobile per un attimo. Il tono canzonatorio di quelle frasi aumentava la diffidenza che già provava. La sua parte razionale gli suggeriva la convenienza di assecondare il tedesco, di non provocare dissapori in nessun modo, ma dentro di lui cominciava a fare capolino una rabbia antica, la voglia di una riscossa che per troppo tempo aveva tenuto soffocata, nascosta da qualche parte, qualcosa che era fatto delle parole che non aveva mai detto a suo padre, del tempo che s'era lasciato scorrere addosso senza riuscire a fermarlo, di ogni passo azzoppato che il Castellucci lo aveva obbligato a fare, delle promesse mai mantenute, delle mani screpolate dell'Aida, delle lacrime dell'Elemira.

Era un grumo che premeva sul suo petto, che gli tagliava il respiro, che rischiava di salire come un cibo mal digerito e rovesciarsi fuori di lui per un senso di liberazione che avrebbe potuto essere, invece, l'inizio della fine per tutti.

Così si voltò verso la Mara e le chiese di servire del vino e poi, lentamente, come se si stesse avvicinando a una belva feroce, andò al tavolo e si sedette di fronte al militare.

«Voi siete molto giovane, dottore, e già ricoprite un posto di grande responsabilità» disse il tedesco.

«È la guerra, capitano» rispose Beniamino, «è questa situazione di emergenza che ha obbligato ad affidare compiti straordinari a chi, come me, in tempi normali avrebbe dovuto ancora fare esperienza.»

«Certo, e voi, per esempio, esperienza in battaglia non avreste potuto farne. La vostra invalidità non vi avrebbe aiutato» disse l'altro allungando il suo frustino verso la gamba che Beniamino teneva distesa accanto al tavolo.

«Uno stupido incidente giocando a pallone: l'irruenza di un avversario che volendo rubarti la palla ti ruba una gamba ma ti regala un po' di tranquillità.»

«Capisco. Come dite voi qui: non tutto il male viene per nuocere.»

«Proprio così. A volte quello che sembra male col tempo si rivela un bene e chi pare un nemico si mostra amico» chiosò Beniamino alzando il bicchiere verso il Castellucci che era rimasto in piedi, dietro le spalle dell'ufficiale.

«È un buon ragionamento, dottore, un buon ragionamento» rispose questi rispondendo al brindisi. Tirò un sorso con l'espressione seria, come se stesse riflettendo, e poi continuò:

«Però non possiamo applicare questo pensiero con troppa facilità» disse, lasciando sospese le parole in un lungo momento di silenzio.

Poi, scrutando il bicchiere, come a leggervi dentro, continuò:

«Dobbiamo essere certi di che cos'è il male e di che cos'è il bene, quale sia la loro natura, dove siano riconoscibili con certezza, altrimenti rischiamo di pensare che una cosa valga l'altra, che un'idea valga un'altra idea, che un uomo valga un altro uomo. Non siete d'accordo, dottore?»

Beniamino non rispose.

«Come medico certe cose voi dovreste saperle...»

La voce del tedesco era attraversata dall'ironia, una lama tagliente che ferì Beniamino. Di fronte a lui, per un istante, vide il volto del dottor Rattazzi sanguinante, sfregiato da quelle parole.

«Come medico so soltanto che posso capire grazie ai miei errori, passo dopo passo, definendo di volta in volta cosa è bene e cosa è male. Cercando, mio caro capitano» rispose allora.

Il tono dell'ufficiale si indurì.

«Parole, parole inutili. Non c'è nulla da cercare più di quanto la natura già non ci dica chiaramente» disse, sottolineando con forza l'ultima parola. «Il compito della medicina è quello di assecondare la natura, di seguirne gli indirizzi, di agevolare e selezionare il bene e tagliare alla radice il male, eliminare il ramo marcio e rinvigorire il tronco» ribadì il tedesco con voce ferma.

«Non sempre un ramo marcio si deve tagliare, capitano. Le malattie si possono curare.»

«Curare...» fece il tedesco con un accento pieno di disprezzo. «Noi non dobbiamo perdere tempo e risorse. Dobbiamo evitare percorsi inutili, caro dottore. Dobbiamo agire prima di curare e fare in modo di cancellare gli errori.»

«Cancellare gli errori» ripeté secco, «e grazie alla scienza essere capaci di selezionare il meglio.»

«Esistono le malattie ed esistono i malati» rispose allora con forza Beniamino.

«Le malattie sono soltanto degli errori che vanno cancellati.»

Beniamino si sentì avvampare di rabbia. Avrebbe voluto gridare, alzarsi e andarsene, ma sentiva su di sé la responsabilità per il destino della gente del Pianoro e allora, in tono tranquillo, quasi dimesso, replicò:

«Io penso che la medicina debba saper alleviare la pena di chi soffre...»

In quel momento, dalla porta che conduceva alle altre stanze, entrò un militare, scambiò alcune frasi in tedesco e poi tornò nuovamente da dove era venuto.

Il capitano si alzò dal tavolo, facendo cenno a Beniamino di alzarsi a sua volta e poi, rivolgendosi con un sorriso anche al Castellucci, disse:

«Alleviare le sofferenze, voi dite. Bene. Allora adesso andremo dai vostri pazienti e ci dimostrerete come questo sia possibile.»

Uscirono insieme sull'aia e non appena varcarono la soglia Beniamino sentì un tuffo al cuore: tenuti sotto tiro dai fucili di un paio di soldati, i matti del Pianoro erano schierati in piedi, ritti contro il muro della casa. La Renatina piangeva sommessamente, stretta dall'abbraccio della Marcella, mentre il Malfatti s'era di nuovo rinchiuso nel suo dondolio ossessivo. Il professor Cavani era stranamente taciturno, con lo sguardo perso molto lontano da lì, mentre Fosco e Giovanni erano in preda a un'agitazione che sarebbe presto potuta scoppiare in un temporale. Solo la Mita e Renzo Bardi se ne stavano quieti, in un'immobilità che era un chiaro tentativo di fuga.

Era, nell'insieme, una scena penosa, il ritratto di una sofferenza crudele che metteva a nudo tutta la fragilità di quelle vite, frantumando le ore di tranquillità che il Pianoro aveva regalato loro nelle settimane passate.

Vedendolo arrivare, Fosco non si trattenne dal

correre verso di lui, provocando la reazione di uno dei soldati che a stento Beniamino riuscì a trattenere, rassicurandolo mentre abbracciava il suo albatros e lo stringeva a sé.

«È come un bimbo» disse loro, «si smarrisce facilmente...»

L'ufficiale intanto s'era avvicinato ai matti e, quasi stesse passando in rassegna un plotone, li scrutò uno ad uno, lentamente. Poi si riportò al centro dell'aia e disse:

«Abbiamo saputo che avete dato ospitalità a un gruppo di banditi. Voglio sapere chi tiene i contatti con loro, quanti sono e dove si rifugiano.»

Beniamino si sentì perso:

«Non abbiamo contatti con nessuno, capitano. I partigiani sono stati qui dopo la battaglia alla chiusa. Si sono fermati una mezz'ora a mangiare e poi se ne sono andati» disse.

Il tedesco lo fissò duramente:

«Dunque ammettete di aver aiutato dei banditi.»

«Sono capitati qui, avevano i fucili e ci hanno ordinato di dargli da mangiare. Io devo proteggere i miei pazienti, non avevo molta scelta.»

L'ufficiale lo guardò con un sorriso che gli gelò il sangue:

«Anche noi abbiamo i fucili, mio caro dottore, eppure vi state rifiutando di aiutarci.»

Beniamino rimase in silenzio. Sentì gli occhi del tedesco che lo fissavano e il frustino che batteva ritmicamente contro la gamba, scandendo il tempo di un'attesa che gli parve eterna.

Poi quel battere cessò. Il capitano andò verso i matti che ancora se ne stavano ritti contro il muro, si avvicinò al professor Cavani e rivolto a Beniamino disse:

«Voi dite che il vostro compito è quello di proteggere questa gente» e appena dopo calò un violento colpo di frustino sul volto del vecchio professore.

Cavani cadde a terra e sulla sua guancia si aprì una lama di sangue. Giovanni lanciò un urlo mentre Renzo Bardi tentò di scappare fermato da un soldato.

L'ufficiale calò ancora il frustino sul capo di Cavani una, due, tre volte.

«Voglio sapere chi tiene i contatti con loro, quanti erano e dove si rifugiano» ripeteva intanto.

Beniamino sentì bruciare dentro di sé il fuoco della paura. Strinse a sé Fosco sentendo dentro quel corpo un'energia che quasi voleva eruttare, come la lava di un vulcano. Allora lo serrò ancora più forte, cercando di fermare il tremito che ormai lo scuoteva.

«Vi scongiuro, capitano» urlò. «Sono piombati qui, hanno mangiato e se ne sono andati. Lasciate stare queste persone, sono soltanto dei poveri matti» disse con le lacrime agli occhi.

Il tedesco si voltò verso di lui.

«Poveri matti...» ripeté con disprezzo.

Poi guardò ancora il Cavani che, a terra, il volto ridotto a una maschera di sangue, si lamentava sommessamente, farfugliando parole incomprensibili frammiste a un pianto soffocato.

«Guardate quanta sofferenza provoca la follia» disse indicando il vecchio professore che gli stava ai piedi.

Lentamente, come in un brutto sogno, aprì la fondina che aveva al fianco ed estrasse un revolver.

Beniamino si sentì morire. Stretto a Fosco, desiderò di saper essere un albatros come lui, volare via, in alto, lontano, di essere una tigre e avere il coraggio e la forza di saltare addosso all'ufficiale e azzannarlo, trasmettergli coi denti il bruciore che l'angoscia regala ai matti. Oppure essere un abisso, per inghiottirlo in un attimo come il tormento che si mangiava la loro esistenza. O semplicemente esser capace di chiudere gli occhi, di serrarli così stretti da sentir male e pagare con quel dolore la possibilità di non vedere il braccio del capitano tendersi verso il volto di Cavani e l'arma con la quale quel braccio terminava esplodere un colpo secco che trapassò la vita del professore, ferì gli occhi della Marcella che stava guardando e il cuore del loro figlio nascosto dentro di lei, le ossessioni di Giovanni, il pianto della Renatina, il mutismo della Mita, la stanchezza dell'Elemira, la gioventù della Mara, il toscano sempre acceso del Marzi, lo sguardo serio del Bruni e uccise tutta l'allegria del Pianoro, che sull'eco di quel fragore sembrò rinchiudersi in se stesso, perdere i propri colori e svanire.

Invece gli occhi di Beniamino rimasero bene aperti e lui vide chiaramente la testa di Cavani esplodere per un colpo di pistola.

«Dobbiamo evitare ai malati di soffrire, per dare dignità al genere umano, e questa è la medicina più efficace» gli diceva l'ufficiale mostrandogli la rivoltella, ma lui non lo sentiva, perché dalla ferita che squarciava il capo di Cavani aveva visto uscire a centinaia i versi di Omero che il vecchio aveva così tanto amato e che aveva tenuto per anni dentro se stesso, coi quali si era coricato, aveva riso e pianto, dormito e mangiato, scritto e letto il mondo, e regalato dolore e bellezza a chi aveva avuto il cuore di ascoltarlo.

Allora Beniamino sorrise. Con le lacrime che ormai gli affogavano quegli stessi occhi che non era riuscito a tenere chiusi, riuscì ad allargare un sorriso, quasi un saluto per le parole del professore che ormai se ne stavano andando sopra l'aia, rotolando sui prati, salendo verso il cielo del Pianoro finalmente libere dai recinti del manicomio, della follia e della guerra.

Così la morte arrivò fino alla casa del Pianoro.

I tedeschi lasciarono disteso sull'aia il corpo del professor Cavani e se ne andarono, minacciando di tornare e fare peggio se di nuovo qualcuno avesse osato dar manforte ai partigiani.

Mentre cercava di tenere a freno l'agitazione di Fosco stringendolo tra le braccia, Beniamino li vide sparire oltre la curva della strada. Nella sua testa ancora rimbombava l'eco dello sparo che s'era portato via la vita del Cavani e le parole che l'ufficiale gli aveva gettato addosso, manifesto di una medicina che, come a suo tempo Rattazzi gli aveva spiegato, era la vera essenza della follia. Sentiva dentro di sé il rumore dei motori che si allontanavano sovrapponendosi all'immagine del Castellucci, allo sguardo che, forse tra pudore e rimorso, il suo vecchio amico aveva voltato da un'altra parte nel momento in cui, passandogli davanti, era montato sull'auto accanto all'ufficiale.

Se n'erano andati e avevano lasciato la morte alle loro spalle, in mezzo alla gente del Pianoro che adesso se ne stava immobile, appoggiata al muro, inginocchiata accanto al Cavani, chiusa nel mutismo, nel pianto o in un mugolio ossessivo.

Anche in quell'occasione sembrò che il tempo si fosse dilatato, e che il buio ormai quasi del tutto sceso stesse arrivando troppo adagio, con un passo lento, adatto a non disturbare la veglia che, senza cerimonie, stavano tutti rendendo al corpo disteso davanti alla casa, ognuno a modo suo, ognuno con un pezzo di se stesso gettato ai piedi di quel povero corpo straziato, un tremito, una lacrima, una parola borbottata, una maledizione ingoiata a denti stretti.

Quel tempo allungato li aiutò, permise loro di affrontare la notte senza fretta, di lasciar calmare gli incubi e le paure per trovare la forza di prendersi cura e di lasciarsi curare, di riparare in casa i loro corpi e quello del vecchio professore, tutti ancora una volta attorno al tavolo della grande cucina, a credere di essere quella stramba famiglia che erano.

In quella sospensione i matti del Pianoro sembrarono trovare una particolare pace: probabilmente cullati dalla musica dei versi di Omero che ancora giravano per l'aria, se ne stettero immobili ad aspettare che l'alba arrivasse e che la luce del sole desse inizio ancora a un nuovo giorno nel quale trovare riparo tra le braccia della Marcella, nella gentilezza di Beniamino, respirando il fumo acre del toscano del Marzi e schivando lo sguardo cupo del Bruni, ad aspettare che la Mara portasse in tavola il cibo preparato dall'Elemira, ad accostare e curare tutte le cose che erano riusciti a trovare al Pianoro, e grazie a quelle cose ricominciare a giocare a fare i matti, a sentire la propria voce parlare e cantare, a seguire il filo di storie senza senso ed essere, finalmente, quello che passava loro per la testa di essere.

Solo Fosco sembrò non trovare quiete. Neppure l'abbraccio del suo dottore era riuscito a contenere l'agitazione che l'aveva preso quando la canna di un fucile l'aveva spinto contro il muro della casa. E mentre gli altri se ne stavano attorno al tavolo della cucina a vegliare il corpo di Cavani e a farsi cullare dal tempo che scorreva lento, Fosco si alzava e si sedeva, usciva nell'aia e ritornava in cucina, si chiudeva in se stesso per qualche minuto, le mani strette attorno alla testa, a tormentarsi i capelli, a stringersi il capo come a spremere qualcosa che non sapeva dire. Dalla sua bocca uscivano frasi smozzicate, mangiate a metà dall'ansia e da un peso che pareva bloccarle, spezzarle, percuoterle impedendo loro di srotolarsi in un pensiero continuo, piano, che potesse esprimere compiutamente il suo tormento.

Beniamino non lo lasciò neppure un istante. Sacrificò a quella sofferenza il desiderio che aveva di ristorarsi tra le braccia della Marcella, di rassicurarsi e rassicurarla attraverso il contatto dei corpi per una vita che in quel momento sentivano labile e ferita. Invece si accontentò di una carezza frettolosa, qualche frase e un grappolo di sguardi, completamente preoccupato dalla smania di Fosco che non prometteva nulla di buono. Il ragazzo pareva entrare e uscire dagli abissi che la libertà respirata al Pianoro sembrava aver allontanato. Di nuovo, come tra le mura del manicomio, il volto si stirava in una smorfia di dolore per qualcosa che dentro lo lacerava, pareva non vedere più nessuno, completamente preso dai pensieri che lo assillavano e che seguiva e fuggiva allo stesso tempo.

Mentre la gente del Pianoro offriva la propria veglia a Cavani, nel mezzo della notte Fosco uscì definitivamente dalla casa e si mise ad attraversare l'aia a larghi passi, così come, in un tempo che era sembrato lontano, aveva fatto nel cortile della casa dei matti. Beniamino lo seguì, preoccupato, cercando il modo di far breccia dentro di lui per riportarlo a galla, in salvo dalla sua disperazione. Lo seguì per ore, per ore cercò di chiamarlo, in silenzio seguì passo passo il suo girovagare sperando che si accorgesse che qualcuno gli era vicino, provò a canticchiare le canzoni che gli piacevano e a borbottare, assieme a lui, i mozziconi di discorso che il ragazzo biascicava tra sé, camminando.

Poi, esausto e scoraggiato, si andò a sedere sulla panchina accanto alla veranda a considerare la propria incapacità. Ancora una volta la sua illusione di essere medico si rompeva. La schiena appoggiata al muro, gli occhi chiusi, sentiva sopra di sé tutta la sofferenza di Fosco, e il rumore di ogni suo passo che spostava il ghiaino, ogni parola borbottata che gli arrivava alle orecchie era uno schiaffo che lo feriva, un coltello rigirato in una piaga che, gli pareva, non era mai riuscito a chiudere. Seduto su quella panchina, nel mezzo di un rifugio dove invece la vera follia era riuscita ad arrivare accompagnata dalla morte, Beniamino desiderò la voce di Rattazzi, desiderò il suo volto familiare, i gesti ai quali, nel tempo, si era abituato e che ora gli mancavano.

Si sentì solo, consapevole d'aver toccato con mano le proprie paure, di vederle ancora di fronte a sé, stese sul tavolo della cucina, sparse sull'aia e oltre, allargate a circondare il Pianoro in una stretta che non l'avrebbe mai più lasciato.

Fu aprendo gli occhi che vide la pianta dei rampicanti che saliva lungo il muro della casa, le campanule ancora chiuse per la notte, ma pronte ad aprirsi non appena la prima luce del sole le avesse toccate. Le vide e sorrise, perché quei piccoli fiori gli parvero davvero la voce di Rattazzi che lui cercava, e allora allungò un braccio a prenderne qualcuna e a masticarle, a ritrovare in quello stupido gioco il senso dell'amore e dell'amicizia che, nonostante la morte, ancora li legava.

Come se quel gesto fosse stato un richiamo, Fosco di lì a poco comparve al suo fianco, e allo stesso modo in cui, nel cortile del manicomio, si sedeva tra lui e Rattazzi a masticare le rose, a sentirne il profumo e ad ascoltare i loro discorsi e i loro silenzi, staccò qualcuno di quei fiori e cominciò a masticarli.

Le sue mani tremavano ancora e dal suo sguardo non era scomparso il buio. Però aveva raccolto il filo che penzolava nell'oceano e appeso a quello piano piano si stava issando in salvo, accanto a Beniamino, sulla panchina.

«Il dottor Rattazzi» disse dopo un po' di tempo, la voce rotta, incespicando sulle parole, «lui non t'ha insegnato a proteggermi.»

Beniamino rivide se stesso chino sul corpo del dottore, e poi affacciato alla finestra della camera, a guardare la luna sorgere sul Pianoro, abbracciato a Fosco tremante di paura. Ricordò.

«Mi ha insegnato a provare, Fosco.»

«Provare provare provare» ripeté il ragazzo biascicando le parole.

«Ascolta. Nessuno sa come fare a scappare dal buio. Ma possiamo provare. Possiamo accendere una candela o masticare qualche petalo di fiore» disse Beniamino tenendo un grumo di petali tra il pollice e l'indice, alzandoli come un calice a proporre un brindisi.

Fosco sorrise. Allungò ancora la mano verso la pianta e strappò ancora un fiore.

«Dottore, perché moriamo?» domandò all'improvviso il ragazzo.

«Non lo so. Non sappiamo perché moriamo, Fosco. E forse per questo non sappiamo neppure perché viviamo. Però, amico mio, non credo che dobbiamo aver paura della morte» disse Beniamino, e nel momento in cui finì la frase si accorse di aver parlato soprattutto a se stesso.

Alzò lo sguardo. A levante cominciava a salire la luce del sole e quella vista gli dette coraggio, quasi un sollievo.

«Io ho paura» disse Fosco. «Della guerra» continuò buttando fuori dalla sua bocca quella parola come una liberazione.

Si mise le mani di fronte agli occhi.

«È scura» disse.

«Fosco, le persone, dentro di loro hanno il buio e hanno la luce.»

«Lo so» biascicò il ragazzo, gli occhi bassi, «e io ho paura quando arriva il buio.»

«Tutti ne abbiamo paura, perché arriva dal fondo della gente, dai posti dove teniamo nascoste le nostre cose peggiori.»

Fosco continuava ad annuire.

«Non mi piace» disse ancora. «Il tedesco ha ucciso il professore.»

Beniamino tirò a sé il ragazzo, lo strinse in un abbraccio e finalmente sentì l'agitazione di Fosco sciogliersi un poco tra le sue braccia.

«La guerra ha le sue regole, Fosco, come nei giochi che facciamo noi qui al Pianoro» gli disse Beniamino.

«Ma il professore» mugolò l'altro «non voleva giocare alla guerra.»

Beniamino, ricordandosi dei pensieri che Rattazzi gli aveva spesso confidato, allora continuò:

«È vero, ma qui siamo noi a stabilire le regole, e le facciamo per scappare dal buio, per far smettere al Malfatti di tormentarsi o per parlare tutti con Dio assieme a Giovanni e così liberare le cose che ci tormentano, metterle sull'aia come le galline, farle girare un po' a prendere aria. Invece la guerra ha le sue, di regole, e sono tremende, perché sono fatte soltanto per far male, per imprigionare e per uccidere. Sai, c'è un modo di dire che spiega com'è il senso di questo. Si dice che alla guerra ci si comporta come in guerra. Alla guerra come alla guerra.»

«Alla guerra come alla guerra» Fosco bofonchiò tra sé.

«No. Sono sicuro che il professore non voleva giocare alla guerra col tedesco. E se l'avesse fatto avrebbe usato la poesia, sarebbe stato un grande Achille» disse allora Beniamino.

Fosco aveva lo sguardo immobile, puntato su qualcosa di indefinito.

«No» quasi urlò all'improvviso. «Non mi piace la guerra come alla guerra» disse. Poi si staccò dall'abbraccio di Beniamino e gridò:

«Io non voglio giocare alla guerra come alla guerra.»

Beniamino lo guardò. Sul volto del ragazzo si stirò una smorfia di rabbia. Pareva stesse pensando a qualcosa che lo tormentava.

«I cacciatori uccisero la paperella per mangiare» disse poi, «e allora fecero un sacrificio d'amore.»

«Per pagare» disse deciso, allungando il suo braccio ferito per mostrare a Beniamino la cicatrice che lo deturpava. «Bisogna pagare. La pace. L'amore» mormorò tra sé.

Poi si volse di scatto verso Beniamino, indicò la casa.

«Tu paghi l'amore della Marcella?»

Beniamino rimase sorpreso, incerto sulla risposta.

«Tu paghi l'amore della Marcella?» continuò Fosco a domandare.

Il cuore di Beniamino si strinse. Si sentì quasi con le spalle al muro. Nella sua testa, in un baleno passò l'immagine della Madonna che dal muro della cappella lo osservava, lo sguardo deciso. Allora sentì le vecchie paure sciogliersi nell'abbraccio con cui la Marcella l'aveva stretto, ponendolo di fronte alla responsabilità della vita, alla decisione che quanto il loro amore aveva prodotto, nascosto dentro la sua carne, lo obbligava.

«Certo Fosco, l'amore si paga.»

«Un abbraccio» disse allora il ragazzo.

«Un bacio» aggiunse Beniamino.

«Io ho paura dei baci.»

«L'amore si paga anche con la paura, Fosco.»

Allora il ragazzo tirò a sé Beniamino, lo strinse e lo baciò con forza su una guancia. Poi si ritrasse.

«Con un bacio, si paga» mugugnò quasi tra sé.

Immobile, lo sguardo fisso sulla terra, Fosco rimase in silenzio.

Beniamino faticava ancora a parlare per i fantasmi del buio con cui aveva diviso le ore della notte, e anche per l'emozione che lo stava prendendo, così come gli succedeva quando sull'aia del Pianoro proponeva agli altri una nuova situazione da interpretare, un gioco con il quale scendere fin dentro se stessi a prendere quello che ognuno teneva nascosto per tirarlo fuori e lasciarlo andare libero in mezzo ai prati: il Dio di Giovanni e le cinghiate del padre del Malfatti, i figli della Mita, la madre della Renatina.

Fosco si piegò di nuovo verso Beniamino.

«Io adesso gioco alla guerra come all'amore» gli disse sottovoce, come a confidargli un segreto. La manica della giacca s'era un po' rialzata e si poteva di nuovo vedere la cicatrice dell'orrenda ferita che dal polso s'alzava verso il gomito.

Beniamino allora accarezzò il segno del sacrificio con cui Fosco aveva un tempo cercato di pagare l'amore. Sorrise.

«Come all'amore, come all'amore» ripeté intanto il ragazzo, e quel ripetere prese quasi il ritmo di una litania ossessiva che occupava il tempo, stringeva le parole tra loro, le univa e le sintetizzava in un unico grido:

«Comallamore» urlò.

Fu in quel momento che uno stormo di uccelli comparve sul cielo del Pianoro così come succedeva su quello ristretto del manicomio, e come ogni volta rapì con sé la vita di Fosco.

Le braccia spalancate, la testa rivolta all'insù, il giovane cominciò la sua danza sfrenata fatta di ghirigori e salti, una danza impazzita punteggiata dall'urlo della parola che aveva appena creato, con la quale aveva affrontato la paura, finalmente matto e saggio, rapito dalla felicità dell'amore che cambiava le regole della guerra e la scacciava, cancellava la testa esplosa del professor Cavani, riempiva il cielo del volo degli uccelli e abbatteva anche i muri che proprio la guerra aveva provato a costruire attorno al Pianoro.

Il vecchio se ne stava appoggiato al davanzale. Lo stormo degli uccelli era scomparso all'improvviso, lasciando il sole libero di illuminare la piazza dalla quale si alzava forte il rumore del mercato.

Anno dopo anno tutto, là intorno, era cambiato. La gente che lui aveva amato se n'era andata. Il corso della vita s'era preso le persone, i ricordi s'erano sfilacciati, sbiaditi, e le storie di chi aveva vissuto il suo stesso tempo avevano lasciato il posto alle cose: le strade della città s'erano riempite di auto, di insegne luminose, ristoranti e negozi. La gente arrivava e partiva in un andirivieni che lui non riusciva più a seguire. La casa dei matti era stata finalmente chiusa e il Pianoro era diventato un agriturismo, per ironia del destino frequentato soprattutto da tedeschi, tranquilli e gioviali, amanti della natura e dell'armonia di quei luoghi, gente che nulla sapeva di quanto era successo tra quei prati così pieni di bellezza.

Della morte del Cavani non si ricordava ormai nessuno. Finché era stato vivo, il Marzi l'aveva accompagnato al Pianoro ogni anno e assieme alla

Marcella avevano percorso a piedi gli ultimi metri della strada di ghiaino fino all'aia, per poi restarsene dritti, in silenzio, sul punto in cui l'ufficiale tedesco aveva ucciso il professore. In seguito la morte s'era portata via prima il vecchio tuttofare e poi la Marcella stessa, mentre il loro figlio se n'era andato in giro per il mondo a cercar fortuna, e gli anni gli avevano gettato addosso un peso troppo grande da trasportare da solo fino oltre la chiusa, sulle sue gambe malferme.

Così aveva preferito ricordare Cavani restandosene a casa, a leggere Omero e a pensare al manicomio, ai suoi matti e alla storia del Pianoro, rinchiuso proprio come uno di loro tra i muri della stanza dalla quale ormai non usciva quasi più, limitandosi a guardare i giorni scorrere dalla finestra, sulla piazza sempre più ingombra di cose e di confusione, di una sarabanda rumorosa, continuamente in movimento come una giostra, colorata e veloce, lanciata verso un futuro che s'era ormai dimenticato di quanto era accaduto proprio tra quelle strade, di quanto era passato di là, aveva attraversato la ferrovia ed era sceso fino al Pianoro.

Ancora una volta il tempo aveva rallentato. Dentro la sua stanza adesso scorreva pigro. Come l'acqua di un fiume alla foce, poco prima di mischiarsi al mare e morire, pensava sorridendo tra sé. Si muoveva rimanendo immobile, appesantito dai ricordi che non riusciva ad allontanare, abbracciato ancora alla Marcella, allo sguardo di Fosco rivolto verso il cielo, alla sua corsa piena d'amore con il quale s'era perso dietro chissà quale volo, proprio come un uccello.

Ancora lo vedeva correre verso il bosco, verso le colline dei Prati, urlando «Comallamore» come un grido di felicità e di dolore insieme, il folle programma di un folle che smozzicando un'unica parola provava a rincorrere la propria libertà.

Centinaia di volte aveva ricordato. Centinaia di volte aveva maledetto il Castellucci e la zoppia che il suo calcio gli aveva regalato, impedendogli di inseguire la corsa di Fosco più di quei pochi minuti in cui era riuscito a stargli dietro prima che il ragazzo scomparisse tra gli alberi.

L'aveva cercato ancora per ore, gridando il suo nome, urlando anche lui al cielo «Comallamore» quasi sperando così di richiamarlo a sé, allontanando l'idea d'averlo perso, d'aver tradito il patto stretto con se stesso e con la memoria di Rattazzi, di proteggerlo e curarlo, come un buon dottore avrebbe saputo fare.

E qualche giorno più tardi, quando al Pianoro, assieme alle notizie dell'avanzare definitivo del fronte, erano tornati i partigiani e qualcuno di loro aveva fatto il nome di un Comallamore che aveva combattuto alla ferrovia, lui aveva tremato, provando una stretta al cuore al pensiero del suo fragile albatros preso in mezzo ai falchi, tra i fucili e le esplosioni. Era riuscito a tranquillizzarsi soltanto immaginandolo a correre tra gli spari, veloce come un uccello, capace di volare sopra la furia della guerra e portare in chissà quale modo l'amore, così come gli aveva promesso prima di scappare.

Poi di lì a due giorni dalla strada della chiusa era arrivato il Marzi con il camion ad annunciare che la città era stata presa dagli americani e tutti erano montati sul cassone per fare a ritroso il percorso con cui, qualche settimana prima, avevano cercato riparo alla morte tra i prati del Pianoro.

Per una volta i pazzi non erano sembrati loro. Attorniati dalle urla di gioia che salivano dalle strade invase dalla gente, la Renatina, Giovanni, la Mita e gli altri se n'erano stati zitti e quasi intimoriti, a guardare la felicità che saltellava intorno, che si abbracciava, che spargeva risa e giubilo.

Erano scesi sulla piazza e anche loro s'erano mischiati alla festa, tenendosi per mano proprio come scolaretti. Persi tra la folla, anche lui e la Marcella s'erano regalati per qualche ora la leggerezza della speranza, lasciandosi trasportare dall'illusione che il tempo non avesse più un passato, che fosse tutto e soltanto di fronte a loro, aperto nei giorni che sarebbero venuti, pieni di vita da costruire, e nascosto nel figlio che lei portava con sé.

Assieme alla gente del Pianoro allora s'erano abbandonati alla corrente della calca, come un pezzo di legno che si lasci trasportare da un fiume in piena, felici e finalmente leggeri, giocando a chiamarsi l'un l'altra, a tenersi in contatto con grida e sguardi gettati tra la Renatina e il Marzi, le risa di Giovanni e le urla contente del Malfatti, nascondendosi e ritrovandosi tra l'aprirsi e il chiudersi della folla.

Era stato in uno di quei momenti che aveva visto Fosco. Seduto sugli scalini della casa dei matti, il ragazzo se ne stava da solo, a guardare la festa attorno a lui, il fucile in spalla e un fazzoletto rosso al collo. Il tempo s'era gelato come nei sogni e proprio come nei sogni Fosco s'era voltato e aveva incrociato il suo sguardo.

Gli aveva sorriso.

Lui avrebbe voluto chiamarlo, ma l'emozione gli aveva strozzato la voce nella gola. Aveva avuto ancora il tempo di vedere l'espressione felice del ragazzo, le sue spalle stringersi mentre apriva le braccia di fronte a sé quasi a mostrargli la confusione festante che li circondava, qualcosa che lui stesso aveva fatto, alla guerra come all'amore.

Poi lo spazio s'era richiuso e quando, fendendo la calca, Beniamino era arrivato alla scalinata del manicomio, l'aveva trovata deserta. Si era guardato attorno con ansia, cercando di tranquillizzare la Marcella che non capiva. S'era alzato sulle punte dei piedi, aveva scrutato a destra e a sinistra, aveva persino cercato di superare con la voce il rumore con cui la felicità stava uccidendo ogni richiamo finché, dopo un ultimo grido, aveva pensato d'aver sognato davvero il saluto che l'albatros era venuto a regalargli, per mostrargli cos'era riuscito a fare volando libero nel cielo. Così aveva abbracciato forte la Marcella, cercando di tenere stretta, perché non gli sfuggisse, l'emozione che stava provando sentendosi finalmente un medico, la bocca piena di petali di rose e gli occhi aperti a guardare il volo di un uccello che non avrebbe mai più imprigionato.

E adesso una giovane giornalista gli stava chiedendo di raccontare tutto questo, di restituire il tempo che era stato alla distrazione di poche parole scritte su un quotidiano, o forse incise su un nastro per un'emittente, non aveva neppure ben capito.

Lei aveva sentito dire dei matti del Pianoro e del partigiano Comallamore.

Pensava all'immagine della follia e della guerra insieme.

Un gruppo di persone inermi, di fronte alla brutalità.

Voleva sapere.

Dei partigiani e dei tedeschi.

Della forza della Storia e della disperazione della malattia.

Del manicomio, della lotta per la Liberazione.

«Ci racconti.»

Il vecchio guardò dalla finestra la confusione del mercato, il vorticare di un mondo sempre più lontano, mentre sopra la piazza lo stormo degli uccelli ricominciava a disegnare traiettorie impazzite nel cielo. Lui si perse per qualche attimo a seguirle e sentì nel petto salire forte, insieme, la rabbia e l'amore.

Allora si voltò verso la giornalista.

«Scriva soltanto così» Beniamino disse:

«La Liberazione fu una cosa da matti.»

Nota

Sono debitore di molte delle suggestioni e dei materiali che mi sono serviti per scrivere questa storia ad Alessandro Garzella e a Fabrizio Cassanelli della Città del Teatro di Cascina, i quali da anni stanno svolgendo un lavoro profondo con i pazienti del Centro Diurno di San Frediano a Settimo. Ad Alessandro, in particolare, devo il conforto del suo giudizio e la gentilezza con cui ha voluto condividere con me alcuni aspetti della sua esperienza professionale e personale.

Un ringraziamento speciale va a Renzia D'Incà, alle sue puntuali osservazioni e a quanto ha saputo scrivere ne *Il gioco del sintomo* (Pacini Fazzi, 2002). E al dono che mi ha fatto, permettendomi di "rubarle" l'immagine dei matti che mangiano i fiori.

Sono ancora debitore al professor Gioachino Chiarini dell'Università di Siena, al suo *I cieli del mito* (Diabasis, 2005), nel quale si possono ritrovare molte parole del professor Cavani (compresi i versi omerici citati) e i labirinti nei quali si è persa la sua mente.

Voglio infine dire un ultimo grazie a Gabriele Baldassari, i cui suggerimenti mi sono stati preziosi.

u.r.

nella collana

contemporanea

Eraldo Affinati, *Campo del sangue*
Eraldo Affinati, *La Città dei Ragazzi*
Stephen Amidon, *Il capitale umano*
Pietrangelo Buttafuoco, *Le Uova del Drago*
Pietrangelo Buttafuoco, *L'ultima del Diavolo*
Ottavio Cappellani, *Sicilian tragedi*
Vincenzo Cerami, *La gente*
Vincenzo Cerami, *L'ipocrita*
Vincenzo Cerami, *La lepre*
Vincenzo Cerami, *Tutti cattivi*
Vincenzo Cerami, *Vite bugiarde*
Vikram Chandra, *Giochi sacri*
Cynthia Collu, *Una bambina sbagliata*
Vikram Chandra, *Terra rossa e pioggia scrosciante*
Roberto Cotroneo, *Otranto*
Roberto Cotroneo, *Questo amore*
Giuseppe Culicchia, *Brucia la città*
Andrew Davidson, *Gargoyle*
Mario Desiati, *Il paese delle spose infelici*
Francesco Durante, *Scuorno (Vergogna)*
Nathan Englander, *Il ministero dei casi speciali*
Jeffrey Eugenides, *Middlesex*
Jeffrey Eugenides, *Le vergini suicide*
Nadia Fusini, *L'amore necessario*
David Grossman, *Che tu sia per me il coltello*
David Grossman, *Ci sono bambini a zigzag*
David Grossman, *Col corpo capisco*
David Grossman, *Il libro della grammatica interiore*
David Grossman, *Qualcuno con cui correre*
David Grossman, *L'uomo che corre*
David Grossman, *Vedi alla voce: amore*

Alan Hollinghurst, *La linea della bellezza*
David Leavitt, *Ballo di famiglia*
David Leavitt, *Il corpo di Jonah Boyd*
David Leavitt, *La lingua perduta delle gru*
David Leavitt, *Il matematico indiano*
Massimo Lolli, *Il lunedì arriva sempre di domenica pomeriggio*
Claudio Magris, *L'infinito viaggiare*
Paolo Maurensig, *Gli amanti fiamminghi*
Paolo Maurensig, *Canone inverso*
Pascal Mercier, *Partitura d'addio*
Pascal Mercier, *Treno di notte per Lisbona*
Antonio Monda, *Assoluzione*
Audrey Niffenegger, *La moglie dell'uomo che viaggiava nel tempo*
Joyce Carol Oates, *Le cascate*
Joyce Carol Oates, *L'età di mezzo*
Joyce Carol Oates, *La figlia dello straniero*
Joyce Carol Oates, *La madre che mi manca*
Joyce Carol Oates, *Tu non mi conosci*
Alessandro Piperno, *Con le peggiori intenzioni*
Ugo Riccarelli, *Comallamore*
Powers Richard, *Il fabbricante di eco*
Powers Richard, *Il tempo di una canzone*
Salman Rushdie, *I figli della mezzanotte*
Salman Rushdie, *L'incantatrice di Firenze*
Salman Rushdie, *Shalimar il clown*
Salman Rushdie, *La terra sotto i suoi piedi*
Salman Rushdie, *L'ultimo sospiro del Moro*
Salman Rushdie, *La vergogna*
Salman Rushdie, *I versi satanici*
Laura Sandi, *Biscotti al malto Fiore per un mondo migliore*
Cathleen Schine, *L'evoluzione di Jane*
Cathleen Schine, *Il letto di Alice*

Cathleen Schine, *I newyorkesi*
Cathleen Schine, *Sono come lei*
Walter Siti, *Il contagio*
Zadie Smith, *Della bellezza*
Zadie Smith, *Denti bianchi*
Zadie Smith, *L'uomo autografo*
Kathryn Stockett, *L'aiuto*
Giuseppina Torregrossa, *Il conto delle minne*
Delphine de Vigan, *Gli effetti secondari dei sogni*
Tom Wolfe, *Il falò delle vanità*
Tom Wolfe, *Io sono Charlotte Simmons*
Tom Wolfe, *Un uomo vero*

«Comallamore»
di Ugo Riccarelli
Oscar contemporanea
Arnoldo Mondadori Editore

Questo volume è stato stampato
presso Mondadori Printing S.p.A.
Stabilimento NSM - Cles (TN)
Stampato in Italia - Printed in Italy